KB104754

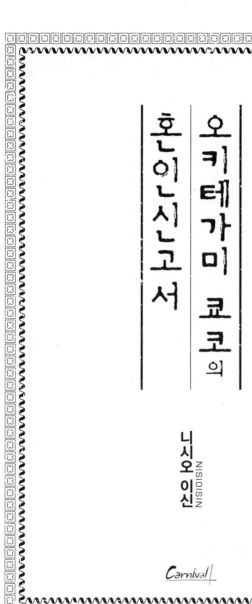

오키테가미 쿄코의
혼인신고서

니시오 이신
NISIOISIN

Carnival

Okitegami Kyouko no Konintodoke

이 책의 한국어판 저작권은 일본 講談社와의 독점 계약으로 (주)학산문화사에 있습니다.
저작권법에 의해 한국 내에서 보호를 받는 저작물이므로 불법 복제와 스캔 등을 이용한
무단 전재 및 유포·공유 시 법적 제재를 받게 됨을 알려 드립니다.

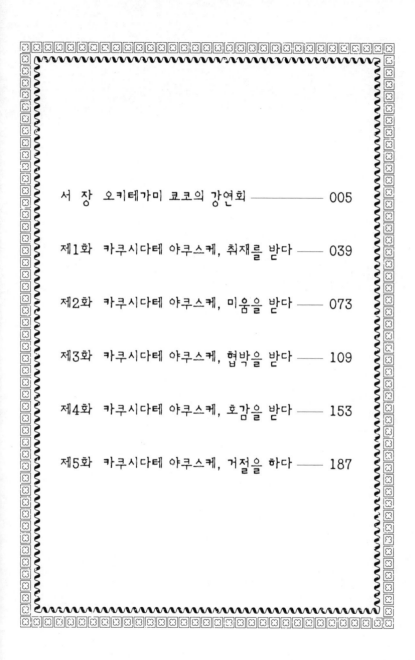

서 장

오키테가미 쿄코의 강연회

"처음 뵙겠습니다. 탐정 오키테가미 쿄코掟上今日子입니다."

단상에 오른 백발의 여성은 그렇게 말하고 깊숙이 고개를 숙였다. 얼룩 한 점 없는, 숨 막힐 정도로 완벽한 백발이었다.

"25세. 오키테가미置手紙 탐정 사무소의 소장입니다."

고개를 든 후에도 그녀, 쿄코 씨는 계속 자기소개를 했다.

물론 회장에 모인 청중은 그녀의 이야기를 듣기 위해 모였으니, 나를 포함하여 그런 프로필을 설마 모를 리 없지만, 일단 그 부분은 일의 순서라는 것이리라.

어쩌면 우리 청중들을 위해서라기보다 자기 자신을 위해 그녀는 그렇게 자신의 '설정'을 읊고 있는지도 모른다.

왜냐하면.

"저는 망각 탐정. 잘 때마다 기억이 리셋됩니다."

그렇다.

쿄코今日子 씨에게는 오늘今日밖에 없다.

밤에 잠자리에 들어 아침에 일어날 때에는 어제 일이 말끔히 상실된 상태이다. 탐정으로서 어떤 의뢰를 받았는지, 어떤 사건을 수사하고 어떤 추리를 했으며 어떤 해결로 이끌었는지 완전히 잊고 만다.

얼룩 한 점 없이 잊고 만다.

이력이 모두 삭제되는 것이다.

그것은 즉.

"즉, 저는 탐정으로서 준수해야 할 묵비의무를 누구보다도 완벽하게 존중할 수 있는 탐정입니다. 그런 이유로 많이 찾아 주시는 모양입니다."

기억은 안 나지만.

하고 농담처럼 덧붙인 쿄코 씨였으나, 그 말은 완전히 진실이었다. 나도 지금까지 여러 차례, 분명 이 회장의 그 누구보다 많이 오키테가미 탐정 사무소에 신세를 진 사람일 텐데, 그 사건들은 물론이고 단골 의뢰인인 나조차 그녀는 전혀 기억하지 못한다.

몇 번을 만나도 '처음 뵙겠습니다'이다.

그 점을 섭섭하게 생각하는 마음이 없는 건 아니지만, 마땅히 그래야 한다는 생각도 든다. 망각 탐정의 간판에는 그 어떤 예외도 있어선 안 되기 때문이다. 내가 되었든 누가 되었든.

"그런 이유로, 오늘 이 회장에 모이신 여러분은 혹시라도 지금껏 제가 담당해 왔던 참으로 이상한 사건에 대해 자세히 들을 수 있지 않을까 기대하셨을지도 모르지만, 유감스럽게도 그것은 불가능합니다. 아마 여러분이 저보다 훨씬 자세히 알 정도이겠지요."

쿄코 씨가 어깨를 으쓱하자 회장은 웃음바다가 되었다. 물론 그런 기대를 한 사람도 전무하지는 않겠지만, 망각 탐정임을 알고 강연을 들으러 온 이상 그것은 말하지 않아도 이미 다 아는 사실이다.

그녀로서는 자신이 지금껏 해결해 온 사건이 참으로 이상했는지 어떤지조차 확신할 수 없다.

그럼 무엇을 들으러 왔는가 하면, 그들과 그녀들은, 그리고 나는 들으러 왔다기보다는 보러 왔다. '오키테가미 쿄코'라는 별난 탐정을.

참으로 이상한 탐정을.

따라서 극단적으로 말해, 그녀가 어떤 이야기를 하든 전혀 상관이 없다, 무엇이 되었든 간에 바라던 바라는 입장이었다. 뭐, 강연회란 어느 정도 그런 성격을 띠는 것이고, 그 부분은 쿄코 씨도 충분히 이해하고 있다.

그러므로 기억이 지속되지 않음에도, 같은 옷을 두 번 입은 모습을 아무도 본 적이 없다는 소문이 돌 만큼 패셔니스트인 쿄코 씨의 오늘 패션은, 자신이 직업 탐정임을 한껏 강조하는 것처럼 보였다. 적어도 사냥 모자를 쓰지는 않았으나, 인버네스 코트풍의 외투는 세상에서 제일 유명한 그 탐정을 떠오르게 한다.

볼거리가 되는 것도 일 가운데 하나로 받아들이는 것이리라. 그야말로 사랑스러운 외모에서는 상상도 할 수 없는, 존경스러운 비즈니스 정신이다.

현재 구직 중인 나로서는 본받을 만한 비즈니스 정신이라고 해야 할까.

아니 정말로, 본받지 않으면 안 된다.

여하튼, 그렇다고 단상에서 말없이 포즈를 취하는 것이 망각 탐정의 이번 일은 아니다. 촬영회가 아닌 강연회니까.

쿄코 씨는,

"그래서 오늘은 저 자신의 이야기를 할까 합니다. 당연히 제가 기억하는 범위에서지만. 주최 측에 물으니 오키테가미 쿄코라는 탐정이 강연회를 가지는 것은 이번이 처음이라고 하니까, '이봐이봐, 쿄코 씨. 좀 봐 달라고. 그 이야기는 저번에 들었어!' 와 같은 일은 없을 거라고 생각하므로 안심하시길."

하고 말을 이었다.

음, 하며 나는 긴장했다.

탐정으로서의 묵비의무와 기억 상실 체질로 인해 사건을 기억하지 못하는 망각 탐정으로서의 쿄코 씨… 흠, 대체 무슨 이야기를 하려는 걸까 하면서도 마음을 졸였는데, 어쩌면 나도 들어 본 적이 없는 귀중한 에피소드를 들을 수 있을 것 같다.

설마 자기소개를 계속하겠다, 라는 걸까.

강연회도 처음이지만, 쿄코 씨 자신이 쿄코 씨를 이야기할 기회라는 것도 내가 아는 한 전무후무하다.

갑자기 웬일일까.

물론 단골인 나라고 해서 쿄코 씨의 탐정 활동을 전부 파악하고 있는 것은 아니지만.

"우선은 대전제인데, 어쩌면 회장 안에는 '하루밖에 기억이 유지되지 않는 탐정이 제대로 사건을 해결할 수 있겠어?'라는, 지극히 당연한 의문을 갖고 있는 분이 계실지도 모르니, 그 물음표를 없애 두도록 하죠. 그런 오해는 앞으로의 업무에 지장을 주니까요. 저는 망각 탐정으로 불림과 동시에 가장 빠른 탐정이라는 과찬도 받고 있습니다. 입구에서 받으신 명함에 쓰여 있었겠죠? '당신의 고민을 하루 만에 해결합니다!' …하긴, 이것은 다소 과대광고이며, 해결하지 못한 사건도 분명히 있겠지만요."

뭐, 불리한 일은 잊어버리죠, 하며 쿄코 씨는 멀리서도 확연히 알아볼 수 있을 만한 장난스러운 미소를 지었다. 장내에는 박수마저 일었다.

청중을 완전히 그녀의 편으로 만들었다.

이렇게 된 이상 뭐라고 말하든 먹힐 것 같은 분위기다.

역시 명탐정. 해결 편이 아니더라도 연설은 식은 죽 먹기인가 보다. 전혀 처음으로는 보이지 않는, 좋은 의미에서 뻔뻔한 쇼맨십이다.

염치없을 만큼의 뻔뻔함 역시 망각 탐정의 간판이라고도 할 수 있지만.

"가장 빠른 탐정이자 망각 탐정. 물론 이것은 필요조건이라고 할까요, 수레의 양쪽 바퀴라고 할까요. 가장 빠른 탐정이지 않으면 망각 탐정으로 있는 것이 불가능하기 때문이지만요. 가장 빠른 탐정인 것이 저를 망각 탐정으로 있게 하는 것입니다.”

그렇게 말하고 그녀는 회장을 조망하듯 했다.

천 명 정도는 수용할 수 있을 듯한 홀이 거의 만석이다. 대단한 동원력이다. 선전이 잘 되었다는 이유도 있겠지만, 역시 아는 사람은 아는 망각 탐정을 한 번 보고 싶다는 도락가가 뜻밖에도 있는 모양이다.

개장 세 시간 전에 달려온 나로서는 그렇게 말할 처지가 못 되지만.

“초고속을 유지할 수 없게 되었을 때야말로 제가 탐정 일에서 은퇴할 때겠지요. 뭐, 그 후에는 일주일에 세 번씩 강연회를 가지면서 살아가기로 할까요.”

그렇게 말하고 쿄코 씨는 시선을 정면으로 되돌렸다.

나를 봤나 했지만 당연히 기분 탓이리라. 오늘 나는 청중 가운데 한 명에 지나지 않는다.

덧붙이자면, 세상에는 강연회로 먹고사는 강연 탐정도 있으니 쿄코 씨의 너스레가 꼭 현실성 없는 것은 아니다. 이만한 말솜씨를 보면 그 자질은 있는 것 같고.

“하지만 그 말을 들은 여러분의 가슴속에는 다음 의문이 떠오를 것입니다. ‘머리 회전이 빠른 것은 뭐, 알겠어. 자신을 탐정이라고 하는 이상 당연한 일이니까. 그런데 하루마다 기억이 리셋된다면 결국, 어지럽게 변화하는 시대에 항상 뒤처지는 셈 아닌가? 그런 꼴로 현대의, 고도로 복잡화된 범죄에 대처할 수 있겠어?' 당연한 걱정이라고 할 수 있습니다. 실제로 저도 아침에 눈을 뜰 때마다 그렇게 생각합니다. 지금의 저는 과거에서 타임 슬립해 온 우라시마 타로* 같은 것이 아닐까요?"

쿄코 씨가 일단 말을 끊었다. 청중은 잠자코 다음 말을 기다린다.

'망각 탐정'에 대해 그만큼 깊이 생각한 청중이 실제로 얼마나 있을지는 알 수 없었고, 반대로 그녀에게 여러 번 신세를 진 나 같은 사람에게 있어 그런 건 엉뚱한, 쓸데없는 걱정에 지나지 않았으나, 그 점에 대해 쿄코 씨 자신이 어떤 식으로 받아들이고 있는지는 흥미로웠다.

쿄코 씨는 자신에 대해 어떻게 생각하고 있을까.

자연스럽게 상체를 내밀고 말았다.

"하지만."

하고 쿄코 씨는 연설을 재개한다.

뜸 들이는 방식이 일일이 교묘하다.

"막상 아침에 몸단장을 하며 현대 사회에 대해 서적이나 텔레비전, 인터넷 등으로 배우다 보면 저는 자신이 시대에 뒤처지지 않았음을 깨닫게 됩니다. 금방 말이죠. 뭐, 어떻게든 해 나갈 수

※우라시마 타로(浦島太郎) : 일본의 전래동화에 나오는 인물. 용궁에 갔다가 3일 후 집에 돌아와 보니 300년이 지나 있었다고 한다.

있을 것 같다. 해서 못 할 것 같지는 않다. 오히려 이렇게 잘 잊는 나이기 때문에 할 수 있는 일도 있을 것 같다. 나밖에 할 수 없는 일이 있을 것 같다. 그럼 시험 삼아서 좀 해 볼까. 그런 식으로 생각합니다. 축적된 기억이 없다는 것은 그만큼 뇌 리소스를 사고에 할당할 수 있다는 의미이고, 추억이 없다는 것은 짊어진 짐이 적다는 뜻이며, 과거를 갖지 않는다는 것은 선입관이나 경험으로부터 자유로울 수 있다는 뜻임을 깨달으면 오히려 약간의 꼼수를 쓰는 기분도 될 수 있죠."

꼼수라는 것은 다소 해학적인 표현이지만, 그것이 망각 탐정의 숨은 강점임은 확실했다. 그 말을 듣고 생각해 보건대, 그리고 쿄코 씨의 활약을 눈앞에서 봐 온 내가 생각하건대, 가장 두드러지는 것은 그녀가 그 사실들에 대해 지극히 자각적이라는 점 같기도 하다.

자각적으로, 적극적으로 꼼수를 쓰고 있다.

추리 도중에 사고가 꼬이기 시작하거나, 무심코 사건 관계자에게 너무 감정을 이입했을 때는 한 번 잠들어 리셋한다. 그녀는 그런 비디오 게임 같은 수법을 선택할 수 있는 것이다.

그렇지만 강연을 듣는 전원이 그 답변에 납득한 것도 아닌 눈치이다. 그야 그런 메리트는 인정한다고 쳐도, 역시 기억을 잃는다는 것은 전체적으로 보면 큰 디메리트로밖에 생각되지 않으리라.

기억이란, 말하자면 자기 자신이니까.

가장 빠른 탐정은 자신과 맞바꾸어 진상에 다다르는 거나 마찬가지다.

나 역시 기억보다 사고 속도를 우선하는 듯한 쿄코 씨의 발언이 완벽하게 이해된 것은 아니다.

그러한 회장 안의 분위기 변화를 민감하게 감지한 듯한 쿄코 씨는,

"참고로, 제 기억은 매일 아침 열일곱 살 때로 거슬러 올라갑니다. 즉, 제가 가진 지식과 상식은 열일곱 살의 시점, 대략 8년 전의 시점에서 멈춰 있습니다."

라고 말했다.

이 말에는 회장이 술렁였다. 나도 무심결에 "엑." 하고 탄성을 지르고 말았다. 자리에서 일어날 뻔했을 정도이다.

스스로가 생각하기에도 무리는 아니다. 쿄코 씨의 기억이 대체 **어디**에서 멈추어 있는가 하는 것은 이른바 '기업 비밀'에 속하는 부분이라고 굳게 믿고 있었기 때문이다. 소문으로조차 들어 본 적이 없다. 틀림없이 장내의 모두에게 금시초문이었으리라. 그것이 분명히 명시된 데에는 놀라움을 금할 수 없다.

열일곱 살.

그 나이 때 그녀의 몸에, 혹은 뇌에 무슨 일이 있었던 걸까?

인상적인 일이, 혹은 추상적인 일이.

…그렇다지만 쿄코 씨가 지금 사실을 말했다는 보장은 없다. 찬물을 끼얹는 듯한 말을 하자면, 그녀는 딱히 진실만을 이야기하겠다고 선서한 다음 단상에 오른 것이 아니다. 쭉 듣다 보니 쿄코 씨에게는 립 서비스도 강연에 포함된다고 여기는 정도를 뛰어넘어 너스레를 떠는 듯한 구석마저 있다.

실제로 거슬러 올라가는 지점은 스무 살 때일지도 모르고, 스물세 살일지도, 열여덟 살일지도 모른다. 세 살일 가능성마저 있을지도 모른다.

뭐, 사실 몇 살로 거슬러 올라가든 큰 차이는 없다고 말할 수 없는 것도 아니다. 그것은, 왜냐하면.

"단, 열일곱 살로 기억이 리셋된다고 해서 아침에 일어났을 때 제가 팔팔한 열일곱 살의 기분으로 눈을 뜨는가 하면, 그렇지는 않습니다. 언제까지나 젊을 수 있다면 최고겠지만, 스물다섯 살까지의 8년 치 **공백**은 확실하게 느껴집니다."

기억 상실에도 여러 타입이 있겠지만 쿄코 씨의 '망각'은 그런 종류인 모양이다. 아니, 그 역시 어디까지나 립 서비스로 하는 말일 뿐일지도 모르지만.

"8년 치의 공백. 우라시마 타로처럼 300년이나 블랭크가 있으면 역시 저도 태연할 수는 없겠지만, 이 정도라면 아무 지장도 없겠지요. 어떤 의미에서는 재미도 없습니다."

과연, 그렇게 표현하니 그런 식으로도 들린다. 그렇지만 교묘한 화술에 속고 있다는 기분도 든다.

우라시마 타로의 300년에 비하니 상대적으로 대단한 공백이 아닌 것처럼도 느껴지지만, 8년이라면 상당한 기간이다. 더군다나 그 기간은 앞으로 하루하루 길어져만 갈 것이다.

물론 의학의 진보에 따라서는 언젠가 치료될 전망이 보일 가능성도 있지만, 그 진보로부터 뒤처지는 것이 망각 탐정의 숙명이다.

뒤처지는 것이야말로 그녀의 본질이라고도 할 수 있다.

"뒤처지지는 않습니다."

쿄코 씨는 거듭 말했다.

발랄한 미소로 거듭 말했다.

"물론, 이 8년이라는 숫자도 매우 애매하고 섬세한 것입니다. 너무 미묘하여 오히려 알맞고 적당하기까지 합니다. 여러분이 열일곱 살 무렵을 떠올리려고 할 때 기억이 흐려져 있거나 또는 추억이 미화되는 것과 같은 정도로, 제 '어제'의 기억에도 모호한 부분이 있습니다. 여기저기 구멍투성이라서 상상에 맡길 수밖에 없는 지점으로 넘쳐 납니다. 공백만큼 시간적 거리가 있으니 당연하지만. 오늘밖에 없는 저에게 있어서는 어제라는 날도 점점 멀어져 가는 것입니다."

기억이 덧씌워지지 않는 만큼 멀리 있는 '어제'도 장애물 없이 건너다볼 수는 있겠지만, 날마다 멀리 떨어져 가는 것 또한 사실인가. 진위 여부는 둘째 치고, 처음 듣는 이야기에 나는 완전히 끌려들었다.

거짓인지 진실인지는 이 경우 아무래도 좋다.

"전화기인 스마트폰의 진화에는 눈이 번쩍 뜨이는 데가 있고, 자동차는 그 이름대로 자동으로 운전할 수 있게 되었으며, 음악은 악기를 사용하지 않더라도 컴퓨터로 보컬까지 연주가 가능해졌습니다. 오늘 아침 읽은 신문에 의하면 중력파라는 것까지 관측할 수 있게 되었다나. 과연, 어지럽네요. 별이 핑핑 돌아요. 하지만 역시 쫓아갈 수 없을 정도는 아닙니다. 왜냐하면 그 '미래'들은 전부 '과거'에 뚜렷이 예상되었던 것이기 때문입니다."

라고 말하는 쿄코 씨.

"중력파의 존재를 아인슈타인 박사가 백 년 전 예언했듯이, 휴대전화의 보급도 자동 운전 자동차도 기계에 의한 음악 연주도, SF소설에 그려져 있던 세계관으로부터 조금도 일탈한 것이 아닙니다. 현대를 실시간으로 사는 여러분에게 오히려 세상은 요 몇 년 사이 일변한 것처럼 느껴질지도 모르지만, 어디까지나 그것들은 연속이며 계속에 불과합니다. 세상은 과거의 연장선상에 있고, 바로 그렇기 때문에 대응은 가능합니다."

그것만으로는 정작 '현대인'인 우리들이 받아들이기 힘들 거라고 생각했는지 쿄코 씨는, 고대 동굴에는 지금과 다름없이 '요새 젊은 것들은 글러 먹었다'라고 젊은이를 한탄하는 듯한 글이 쓰여 있었다거나, 집단지성 같은 개념은 이미 플라톤이 주창했다거나, 노예 제도가 당연했던 시대에도 그것에 반대하던 인권파는 있었다거나 하는, 이해하기 쉬운 예를 몇 가지 들었다.

세심하다.

뒤처지지 않는다고 하는 그녀는 청중을 뒤처지게 하지 않는다.

"역사는 반복됩니다. 8년이나 300년 정도가 아니라 수만 년 단위로 생각해도 인간이 하는 일에는 사실 큰 차이가 없습니다. 범죄도 그중 하나이며, 바로 그렇기 때문에 시대에 뒤떨어진 망각 탐정이 활약할 여지도 있는 것입니다. 어느 소설가가 말하기를 '인간이 상상할 수 있는 일은 전부 현실 세계에서도 일어날 수 있다'라고 했습니다. 이것은 세상에 내재된 무한한 가능성과 다양성을 나타내는 말로 알려져 있지만, 심술궂게 역방향으로 해석할 수도 있을 것 같군요. 즉, '인간의 상상력이란 그 정도의 것이다'라는 식으로요…."

쿡쿡 웃으면서 말하는 쿄코 씨로 인해 회장에도 화기애애한 공기가 흘렀지만, 생각해 보면 이것은 '현대인'에 대한 망각 탐정의 꽤 신랄한 비평이기도 하며, 무참한 조롱이기도 했다.

통렬하다.

나는 그려 보았다.

아침에 눈을 떠서 기억의 공백을 의식한 쿄코 씨가 '현대'이자 '미래'의 지식을 접했을 때, 그 너무나도 '변함없는' 꼴에 실망하는 장면을.

인류는 아직 이런 단계인가.

세상은 상상력의 범위 안인가.

그런 신과도 같은 실망과 함께 오늘이라는 하루를 맞이하는 망각 탐정의 모습을. 아니, 이것이야말로 상상력의 빈곤함이다.

나라는 인간이 탐정에 걸맞지 않다는 증거이다.

사실 쿄코 씨는 스마트폰의 기능성에 수선을 떨거나 인권 의식의 향상에 감탄하기도 한다. 그날그날의 기분에도 달려 있겠지만, 기본적으로는 강연용으로 굳이 극단적인 말을 했을 뿐이리라.

엔터테인먼트성 발언이다.

물론 사람은 변하지 않는다고 생각하는 것 또한 진실이리라. 그렇지 않으면 탐정업은 꾸려 나갈 수 없다.

기술이 진보하든 시대가 변화하든 **인간은 인간이다**라고 확신했을 때, 그녀는 확신할 것임에 틀림없다. 탐정으로서 오늘을 살 수 있음을.

오키테가미 쿄코가 탐정임을.

"범죄의 동기도 양상도 큰 변화는 없습니다. 하우더닛howdunit이든 와이더닛whydunit*이든 예전 수법이 충분히 통용됩니다. 고

※와이더닛 : 동기를 중시하는 추리소설을 뜻하는 용어. 그에 비해 하우더닛은 방식 위주로 진상을 밝히는 추리를 말한다.

전 명작이 결코 빛바래지 않듯이. 미스터리 트릭은 바닥났다는 말이 아득한 옛날부터 나오고 있지만, 바닥난 것이 아니라 아름다운 정석으로 패턴화되었다는 편이 맞는 것 같다고 저는 생각합니다. 어떤 범죄도 결국에는 인간이 저지르는 일이니까요."

누구나가 무언가의 유례類例이며 유형類型이다.

유형類型이며 누계累計이다.

개성이라는 환상을 중시하는 사회에서는 인정하기 힘든 설이긴 하겠지만, 그런 사회 또한 반복되는 패턴에 불과하리라.

다양성이라는 평범함.

누구나가 '어째서 나만 이런 꼴을'이라고 생각하면서 범죄 피해자가 되거나 범죄 가해자가 된다. 하지만 그것은 지겹도록 흔해 빠진 일이다. 흔히 있는 사건이다.

돌이켜 보면 '그럴 수 있지'로 끝나 버리는 통계의 일례에 지나지 않는다. 샘플로서의 비극이다.

체감상 소년 범죄는 해마다 늘어 가는 듯하지만 실제로는 감소 일로를 걷고 있다거나 하는 이야기와도 비슷한가.

"어쩌면 여러분도 언젠가 저와 비슷한 기억 상실 체질이 될지도 모릅니다. 드물지도 않은 저라는 패턴이 실제로 생겨난 이상, 그렇지 않을 거라고는 할 수 없겠지요. '그럴 리 없다'라고 생각할지도 모르지만 '그럴 리 있다'입니다. 그러므로 노파심에서 드리는 말씀이지만, 이쯤에서 미지의 테크놀로지와 미지의 지식을 접할 때의 요령을 알려 드리지요. 만일의 경우 참고해 주세요. 이 어드바이스를 기억하고 계시다면 말이지만요….”

그렇게 전제한 다음 쿄코 씨는 말했다. 그것은 기억 상실증에 걸렸을 때 말고도 참고가 될 만한 조언이었다.

“미지, 혹은 미발견 현상을 접했을 때, 인간은 적잖이 패닉에 빠집니다. 패턴에서 벗어난 변화를 인간은 싫어하기 때문입니다. 공포심과 경계심이 호기심을 이겨 버립니다. 신기함과 신기축新機軸은 평화와 안정을 어지럽히는 위험 신호. ‘무슨 일이 일어날지 알 수 없다’라는 상황은 가슴 떨림보다도 살 떨림을 환기시키는 것입니다. 그러므로 이렇게 생각해 주세요. 미지를 미래로 보는 것이 아니라 **과거의 일**이라고 믿어 주세요. 오늘 아침의 저는 그렇게 했습니다.”

미지를 미래가 아니라 과거로 본다.

인류와 사회가 패턴화되어 있다는 가설에 의거한다면 과연, 미래와 과거는 이론상 같다. 내년 2월과 올해 2월과 작년 2월이 전부 2월임에는 틀림이 없다.

“역사학자가 된 셈 치고 미지를 접하면, 그리 무서워할 필요는 없다며 기분을 리셋할 수 있을 것입니다. 기억이 아니라 기분을 말이죠. 미래의 비밀 도구가 아니라 로스트 테크놀로지나 오파츠*라는 생각으로 접했더니 스마트폰 조작은, 솔직히 말해 간단했습니다. 뭐, 실제로 오늘부터 따지면 그 어떤 뛰어난 기술도 과거의 것이 되니 아주 얼토당토않은 발상은 아니겠지요."

패닉에 빠졌을 때 '이런 일은 옛날에도 있었다'라고 생각하는 것은 냉정해지기 위한 적절한 방책일 거라고 나도 생각한다.

히어로처럼 말하자면 '뭐, 늘 있던 일인걸'일까. 그런 식으로 마음을 진정시키면, 그것만으로도 사태 진정까지는 아니더라도 최소한 일시적인 대처 정도는 가능할 터이다.

미지未知가 기지旣知와 흡사하다고 전제하면 두려움은 사라진다.

단, 그와 동시에 경외심도 사라질 것이다.

기억 이상으로 잃는 것 또한 많다.

그것은 그것대로 호기심을 꺾는 소극적인 자세라고도 할 수 있다. 즉, 직업 탐정만의 하우 투how to이다. 이것은 쿄코 씨가 '매력적인 수수께끼를 풀고 싶다'라는 탐구심에서 움직이는 타입의 명탐정이 아니라는 하나의 증거일지도 모른다. 아니, 증거라기보다 확고한 근거인가.

잠에서 깬 직후 미지에 대한 호기심을 제어하는 의식을 거의 매일 아침마다 치르기 때문에 그녀는 망각 탐정일 수 있는 것인가.

쿄코 씨는 매일 아침 조정한다, 기억과 시간을.

리셋reset이며 세트set인 것이다.

※오파츠(Oopats) : Out-of-place artifact의 약자. 장소에 어울리지 않는 유물을 뜻하는 말이다.

들고 보니, 조사 중이라거나 하는 비정상적인 타이밍에 잠들어 버렸을 때(혹은 의도적으로 잠들어 버렸을 때)의 쿄코 씨는 그 언행에 다소 위태로운 경향을 내포하고 있는 것도 같다. 그것은 그런 통과 의례를 거치지 않았기 때문이기도 한 듯하다.

그때는 그때대로 위태로운 가운데 괄목할 만한 추리력을 발휘하게 되니, 호기심을 제어하지 않는 상태라도, 어쩌면 호기심을 제어하지 않는 상태가 그녀로서는 탐정을 하기에 좋을지도 모르겠지만.

정말로 천직인 것이리라.

묵비의무에 대한 것도 포함하여, 그렇게 생각한다.

처음에는(말할 필요도 없이 내게 있어서 '처음'이다) 전혀 그런 식으로는 생각되지 않았지만, 지금으로서는 탐정이 아닌 쿄코 씨라는 건 상상도 안 간다.

"탐정은 제게 있어서 천직입니다."

또다시 쿄코 씨는 내 가슴속을 꿰뚫어 본 듯한 발언을 했다. 물론 청중의 일반적인 감상에 맞춰 이야기를 진행하는 것뿐이리라.

"그렇다지만 당연히, 이런 줄타기가 언제까지나 가능할 거라고는 저도 생각하지 않습니다. 아무리 기억이 리셋되어도 몸은 나이를 먹으니까요. 아까 노파심에서 말씀드렸지만, 언젠가는 이 완벽한 백발이 몸에 맞춘 듯 어울리는 날도 오겠지요."

쿄코 씨는 말하고 자신의 백발을 쓸어 올리듯 했다. 어울린다면 이미 어울리지만.

"두뇌노동도 육체노동의 일종인 이상, 이런 사고 속도를 계속 유지할 수 있을 것 같지는 않습니다. 가장 빠른 탐정이 아니게 되면 망각 탐정은 성립되지 않습니다. 어떤 운동선수에게나 언젠가는 은퇴할 때가 오듯이. 그뿐만 아니라 이 체질을 생각하면 저는 최종적으로 복지의 보살핌을 받게 되겠지요. 바로 그렇기 때문에 능력을 십분 발휘할 수 있는 오늘 중으로 최대한 사회에 공헌하고 싶은 바람입니다. 세상을 보다 좋은 곳으로 만들기 위해 부족하나마 탐정 활동이라는 형태로 협력하고 싶습니다."

어쩐지 좋은 소리를 한다.

매우 온화해 보이며 다소곳하고 상냥한 쿄코 씨의 금전에 대한 집착… 아니, 돈과 관련되면 칼 같은 성격을 이 회장에 몰려든 딜레탕트의 몇 할이 알고 있을지는 확실치 않지만(이것은 그런대로 유명한 이야기이다), 그녀에게는 그런 기특한 마음도 있는 것일까.

노동 의욕의 이면에 사회 공헌의 의도.

분명 이 게릴라 콘서트 같은 강연회도 주최자 측에서 지불하는 강연료가 파격적이기 때문에 수락했을 게 틀림없다고 나는 단정 짓고 있었는데, 혹시 그런 도덕적인 모티베이션도 있었다면 완전히 인상이 달라진다.

확실히 탐정이라는 직업의 질을 고려하면 눈에 띄어서 좋을
것은 없으리라. 탐정이란 숨는 자이며, 이처럼 이목이 집중되는
자리에 서는 일은 기본적으로 백해무일리百害無一利하다.

하지만 일리一利가 없더라도 일리一理가 있다면, 매일같이 기억
이 리셋되어 사회와의 연결고리가 단절된 쿄코 씨에게는 이렇
듯 스테이지에 오르는 것이 나름대로의 봉사 활동이 될지도 모
른다.

"내일이 없는 제게는 미래에 대한 자그마한 투자라고 할 수
있지만요. 물론 탐정 활동은 자선 사업이 아니며 순수하게 남을
돕는 일도 아닙니다. 추리소설에 등장하는 명탐정처럼 저를 영
웅과도 같이 보는 분이 계시다면 그 오해도, 오늘 중으로 어떻
게든 풀어 두고 싶네요. 저는 계산과 타산으로 움직이는 추리
기계입니다. 그것도 메모리 기능이 없는 기계죠. 그런 구형 계
산기의 이야기를 들으러 와 주신 여러분께 1회 한정, 한시적인
명탐정으로서 진심 어린 감사를 표명하고 싶은 바입니다. 감사
합니다."

그 대목에서 쿄코 씨는 다시 백발 머리를 깊숙이 숙였다. 회장
전체에서 우레와 같은 박수가 터져 나왔다.

구형 계산기라니. 참으로 기막힌 비유라고 생각하며, 나도 뒤
따르듯이 소리 내어 박수를 쳤다. 겸허한 표현이면서도 결코 비
굴하지 않다. 그리고 무엇보다 생활에 밀착되어 있다. 그 밖에

돈 계산과는 떼어 놓을 수 없다는 점도 쿄코 씨를 잘 나타내는 듯하다. 그 점을 쿄코 씨가 의식하고 말했는지 어떤지는 알 수 없지만.

어쨌든 거기서 오키테가미 쿄코의 강연회, 그 전반은 종료되고 이후로는 후반의 질의응답 타임에 돌입했다. 이름난 탐정을 상대로 '질문'한다는, 사건에라도 휘말리지 않는 이상 흔히 얻을 수 없는 귀중한 기회였지만, 그런 만큼 다들 주눅이 드는지 서로 눈치를 보듯 좀처럼 손을 들지 않았다.

청중끼리 서로 견제해서 뭐 하나.

모처럼 달아오른 분위기가 여기서 깨지는 것도 좀 그러므로 나는 큰맘 먹고 손을 들었다. 나는 키가 큰 편이라서(조금 더 솔직하게 말하자면 '엄청나게 큰 편이라서') 손을 들자 바로 발견되었다.

"네. 그럼, 그쪽의 헤어스타일이 멋진 분."

쿄코 씨에게 머리 모양에 대해 칭찬받은 것은 처음이었다. 뭐, 사건이 일어났을 때는 그럴 기회도 없겠지만. 그것만으로도 오늘 강연회에 온 보람이 있었던 셈인데.

그건 그렇고, 지명을 받았는데 무엇을 물어보면 좋을까.

이런 형태의 '처음 뵙겠습니다'는 처음이라 가능하면 오늘이 아니면 물을 수 없는 것을 묻고 싶은데.

"으음… 쿄코 씨는, 매일 복장을 어떤 식으로 코디하시죠?"

예의상 한 말이라는 건 알지만, 머리 모양에 대해 칭찬받은 터라 이런 가벼운 내용의 질문이 되고 말았다. 경박한 사람으로 보일지도 모른다.

다만, 기억이 리셋되는 그녀의 패션 센스가 어째서 시대에 뒤떨어지지 않는가 하는 것은 사실상 결코 무시할 수 없는 크나큰 수수께끼이다.

같은 옷을 두 번 입은 적이 없다는 것은 역시 좀 과장된 소문이라고 해도, 적어도 오늘의 옷차림과 메이크업 또한 8년 전의 것이 아니다. 최첨단 센스라고 해도 좋다.

다행히 내가 내뱉은 경박한 질문은 회장의 화기애애한 분위기와 맞아떨어진 듯, 산을 하나 넘어 차분해지려던 회장이 다시 들끓었다는 이야기이기도 하고.

"좋은 질문이네요."

라고 쿄코 씨는 수긍하더니, 인버네스 코트풍의 외투를 벗고 그 자리에서 빙그르 회전했다.

그리고 런웨이를 오가듯 무대 위를 오른쪽에서 왼쪽, 왼쪽에서 오른쪽으로 이동한다. 다소 과한 서비스 같기도 하지만, 내가 헤어스타일을 칭찬받고 들떴듯이 쿄코 씨도 패션에 대해 질문을 받은 것이 의외로 기뻤는지도 모른다.

기뻐해 주었다면 나도 기쁘다.

마이크 앞으로 돌아온 쿄코 씨는,

"제 패션 센스는 타고난 것이라고 대답하고 싶지만."

하고 말하기 시작했다.

"비결을 밝히자면, 단순합니다. 제 기억은 리셋되지만 옷장 속의 옷이 리셋되는 건 아니니까요. 하루에 한 벌 이상 옷을 사서 날마다 끊임없이 옷장 속을 갱신해 나가면 센스가 낡을 일은 없습니다. 그 밖에는 뭐, '패션, 최신, 모델'로 검색합니다."

그런 대답으로 한바탕 웃음을 유발한 뒤,

"그러면 제 사진이 잔뜩 나오므로, 그 패션과 겹치지 않도록 하면 오늘 코디의 완성입니다."

라는 능청스러운 2단 마무리 후 나를 향해 윙크하는 쿄코 씨.

의뢰인으로서 마주할 때보다 청중의 한 사람으로서 대치할 때, 거리는 있어도 나를 대하는 태도는 더 다정하다는 사실에 어쩐지 착잡했지만, 어쨌거나 나는 선봉장으로서의 역할은 다했다고 판단하고,

"감사합니다."

하며 착석했다.

뭐, 참으로 부족함이 없다고 할까 납득하기 쉬운 대답이기는 하나, 그것만으로는 설명되지 않는 점도 많이 있으므로, 망각 탐정의 패션 센스에 얽힌 진상은 역시 여전히 수수께끼에 싸여 있다고 봐야 할까….

어찌 되었든, 내가 손을 든 것이 마중물이 되어 곳곳에서 드문

드문 손이 올라가기 시작했다.

"네. 그럼, 그쪽의 헤어스타일이 멋진 분."

아무래도 그런 식의 개그였던 듯, 쿄코 씨는 나 때와 똑같은 표현으로 다음 질문자를 지명했다. 개그의 포석으로 쓰이고 말았다.

들떠 있던 자신을 부끄러워하는 나를 아랑곳하지 않고 다음 질문자인 헤어스타일이 멋진 분은,

"해결한 사건을 완전히 잊어버린다는 것은 묵비의무를 중시하는 탐정으로서 확실히 이상적인 것 같기도 하지만, 진범으로 지목당하여 저지른 죄가 까발려진 사람에게서 괜한 원한을 사거나 하지는 않습니까?"

라고 질문했다.

나와는 전혀 다르게 진지한 질문이다. 똑같이 멋진 헤어스타일의 질문자로서 더욱 부끄럽다.

"좋은 질문이네요."

그 말도 매번 하는 모양이다.

팬에게는 차별 없이 공평하게 대하겠다는 자세인지도 모른다.

"당연히 그것은 상정할 수 있는 리스크입니다. 제 기억은 잘 때마다 리셋되므로, 누구에게 어떤 식으로 원한을 샀는지 예상하기란 전혀 불가능합니다. 하지만 그런 건, 누구나 그렇지 않은가요? 자신이 누구에게 어떤 식으로 원한을 샀고, 증오의 대

상이 되었으며, 미움을 받고 있고… 달갑지 않게 여겨지는지,
완벽히 파악하고 있는 분이 계시면 손을 들어 주세요.”

물론 여기서는 아무도 손을 들지 않았다.

그야 그렇다.

그것을 알고 있다면 애당초 이 사회에 사건 따위는 일어나지
도 않을 테니까.

“법 집행 기관에 속해 있지 않은데도 범죄 사안에 깊이 관여
한 시점에서 괜한 원한을 살 각오는 되어 있습니다. 어쩌면 그
것은 괜한 원한이 아닐지도 모르고요. 단, 그렇다고 해서 무방
비로 있다가 저쪽에서 하는 대로 선뜻 복수를 당할 만큼 저는
담백해질 수도 없기 때문에, 최소한의 자기방어에는 주의를 기
울이고 있습니다. 아시는 분은 아시겠지만, 저희 오키테가미 탐
정 사무소는 요새 같은 빌딩 안에 응접실을 차리고, 믿음직한
경비원도 고용해 둔 모양이니까요.”

오키테가미 빌딩의 견고함은 나도 아는 바였으나, 경비원을
고용해 두었다는 것은 미처 몰랐다.

보디가드 같은 것일까.

그렇다면 그 보디가드가 이 회장 안에 몰래 숨어 있는 경우도
있을 수 있다. 이래저래 거동이 수상한 내가 이미 눈도장을 찍
혔을 가능성도 있다. 그렇게 생각하니 점점 더 거동이 수상해지
고 말았다.

"뭐, 남에게 원한을 산다는 것은 아무리 생각해 봐도 별로 기분 좋은 일은 아니기에, 굳이 말하자면 그 위협을 잊을 수 있는 기억력을 저는 메리트 쪽으로 꼽습니다."

농담처럼 말하지만, 미움을 받는 일이나 달갑지 않게 여겨지는 일을 두려워하지 않고 스트레스 없이 관계자를 조사할 수 있는 망각 탐정은 그 덕분에 일이 빠르다고 해석할 수도 있으므로, 플러스마이너스로 따지자면 플러스라는 인식이 아주 틀리지는 않으리라. 다소 찰나적인 사고방식이기는 하지만, 그것도 진리이다.

과연 납득이 갔는지 어떤지는 알 수 없지만, 질문자는,

"감사합니다."

하며 착석했다. 그 순간, 용기가 났는지 이번에는 한꺼번에 많은 손이 올라왔다. 그중에는 양손을 들어 수선을 떠는 사람도 있는 듯하다. 그런 사람은 무슨 질문을 할지 알 수 없다고 판단한 듯, 쿄코 씨는 비교적 조심스럽게 손을 살짝 들고 있던 아이 엄마를 지명했다.

"네, 그쪽의 헤어스타일이 멋진 분."

이라는 지명 방법은 이제 확실히 좋은 반응을 이끌어 냈다. 어쩌면 여기서 좋은 반응을 얻으려고 구태여 멋지다기보다는 귀여운 머리 모양의 여성을 지명했는지도 모른다.

"쿄코 씨는 열일곱 살 무렵부터 기억이 쌓이지 않는다고 하셨

는데, 그 이전의 지인으로부터 그 후 8년의 공백 기간에 대해 들게 되거나 하지는 않으시나요?"

"좋은 질문이네요."

라고 쿄코 씨는 반응했다. 프라이버시에 꽤 깊이 파고든 질문인데도 즉답이다.

오히려 질문자를 배려했는지도 모른다.

"그 질문에 대답하기 전에… 제 표현이 애매했던 탓에 착각하신 분도 있을 것 같아서 이참에 정정하자면, 기억의 공백이 시작된 것은 확실히 8년 전인 열일곱 살 무렵이지만, 제 기억이 쌓이지 않게 된 것은 그리 옛날 일이 아닙니다. 엄밀히 말하자면 저는 단계를 밟아 기억이 상실된 셈이겠지요. 수년 전, 사고를 당했는지 사건과 조우했는지 아니면 그런 병에 걸렸는지는 몰라도 열일곱 살 무렵으로 기억의 테이프가 되감겼고, 그 후 기억이 리셋되었습니다."

조금 난해하다.

어쩌면 일부러 난해한 표현을 썼는지도 모른다. '수년 전'이라고 얼버무린 것도 그렇고, 혹시 프라이버시라기보다 그야말로 '기업 비밀'의 영역인 것일까.

결코 밝히지 않는 수수께끼의 영역.

불분명한 게 아니라 혼미한.

"따라서 열일곱 살 무렵의 저와 지금의 저는 결코 연속적이지 않습니다. 당시의 저를 아는 사람과 연락을 취하는 것은 가능하겠지만, 별로 의미가 있는 것 같지는 않네요. 하루라는 한정된 시간을 '자아 찾기'에 쓸 생각은 없으니까요."

딱 잘라 말하는 태도는 탐정으로선 스타일리시한 것이리라. 바로 그렇기 때문에 무리하게 매듭지어진 감도 있다.

궤변에 넘어갔다고 할까, 놀아났다고 할까.

비록 기억의 상실이 단계를 밟아 진행되었다 하더라도, 그리고 쿄코 씨가 접근하지 않는다 하더라도, 당시의 친구 혹은 가족 쪽에서 접촉해 와도 좋을 법한데….

"사회 공헌만으로도 벅차다는 뜻입니다. 그렇지만 과거와 완전히 단절된 것도 아닌 모양이던데요? 경찰청의 꽤 윗선에 저의 고교 시절 동급생이 있다나 뭐라나, 그런 소문을 아까 대기실에서 들었습니다. 바로 그렇기 때문에 오키테가미 탐정 사무소는 경찰로부터 좋은 대접을 받고 있다고… 그 소문이 진짜라면 감사드리고 싶지만, 유감스럽게도 진위를 확인할 만한 시간적 여유는 없는 것 같네요."

하며 쿄코 씨는 회장 안의 시계를 보았다.

이미 강연 종료 예정 시각이 지났다. 가장 빠른 탐정으로서는 슬슬 마무리하고 싶겠지만, 질의응답이다 보니 강제로 끝낼 수도 없는 모양인지, "그럼 앞으로 두 분 정도. 헤어스타일이 멋진 분 계신가요? 내 머리 모양도 제법 괜찮을 텐데 하고 생각하는

분이 계시다면, 부디 사양 마시고 질문해 주세요." 하며 추가 질
문을 받았다.

"만약 내일 일어났을 때 기억이 리셋되어 있지 않다면, 무언
가 해 보고 싶은 일이 있습니까?"

다음 질문자는 멋진 헤어스타일의 대학생처럼 보이는 남자였
는데, 그 질문은 약간 세심함이 부족한 느낌이었다. 악의는 없
겠지만, 사정이 있어서 걷지 못하는 사람에게 '만약에 전력으로
달릴 수 있다면 어떻게 하겠는가?'라고 물은 것에 가깝다.

그렇지만 쿄코 씨는 변함없이 "좋은 질문이네요."라고 말머리
를 꺼낸 다음,

"해 보고 싶은 일은 도로 자는 것입니다."

라고 대답했다.

"오늘 아침에도 그랬고 아마 매일 아침 그럴 것 같은데, 일어
난 다음에 워낙 할 일이 많아서요. 자신을 인식하고, 시대를 학
습하고, 의뢰를 받고. 정신이 없죠. 말하자면 필연적으로 아침
시간을 잘 활용하는 셈이지만, 매일 이런다고 생각하면 좀 지겹
거든요. 그러니 내일 아침 기억이 리셋되어 있지 않다면 분명
저는 늦잠을 자겠죠."

대응하기에 따라서는 이상한 분위기가 될 수도 있었던 질문을
논점을 비틀어 유머로 받아친 형태였지만, 곰곰이 따져 보면 이
또한 생각하게 되는 대답이기도 했다.

바꿔 말하면 망각 탐정에게는 늦잠은 물론이고 선잠이나 쪽잠, 낮잠조차 허용되지 않는다는 뜻이 되니까. 봄잠에 날 새는 줄 모른다*는 것은 쿄코 씨와 전혀 무관한 말이다.

뭐, 쿄코 씨의 말에 어떤 감상을 품는가는 저마다 다를지라도, 그것이 마지막 질문이 되지 않아서 다행이다. 분위기가 미묘해지는 것은 피할 수 있었다지만, 싱거운 결말이 되었을 것임에는 틀림없으리라.

"그럼 마지막 질문 부탁드립니다. 그쪽의 헤어스타일이 가장 멋진 분."

'가장 멋진'이라는 말로 지명을 받은 사람은 롱 헤어 여성이었다. 내 자리에서는 뒷모습밖에 보이지 않지만 정말 예의상 한 말도 입에 발린 말도 아니라, 미려한 흑발이었다. 살면서 한 번도 머리를 염색한 적이 없을 것 같은 완전한 검정이다.

"무례한 질문일지도 모르지만."

하고 불안한 말로 말문을 열어서 나는 반사적으로 긴장하고 말았지만(숨어 있을지 모르는 보디가드라면 모를까, 내가 긴장해 봤자 아무 소용도 없지만), 마지막 질문자인 그녀가 이어서 한 질문은 이러했다.

"저는 비슷한 남자만 좋아하게 되어 비슷한 실패를 할 때가

※봄잠에 날 새는 줄 모른다(春眠不覺曉) : 중국 당나라 때 맹호연이 지은 「춘효」라는 시의 한 구절.

많습니다. 이것도 쿄코 씨가 말한 패턴화일까요? 아니면 제가 질리지도 않고 닮은 남성만 좋아하게 되는 이유는, 전에 당했던 일을 잊어버렸기 때문일까요."

망각 탐정에 대한 질문이라기보다는 인생 상담 같은 내용이었다. 말하던 도중 질문자인 그녀도 그 사실을 깨달았는지,

"쿄코 씨는 어떤 남성을 좋아하게 되나요? 좋아하게 된 사실을 잊어도 다음 날, 또 같은 사람을 좋아하게 될까요. 아니면 기억이 리셋될 때마다 다른 사람을 좋아하게 될까요."

라고, 반쯤 억지스럽게 쿄코 씨에 관한 질문으로 수정했다.

뒷모습으로는 알 수 없지만, 목소리로 판단하건대 질문자인 여성은 내 나이 또래인 것 같다. 즉, 쿄코 씨와도 동세대이다.

뭐, 시작하는 말은 무서웠고 초반에 약간 어수선했지만, 최종적으로는 대미를 장식하기에 좋은 질문이 된 것도 같다.

망각 탐정의 연애관.

궁금하지 않다면 거짓말이리라.

이 질문을 남성이 했다면 뻔뻔스러운 거겠지만, 여성이 한 만큼 내추럴하다. 과연 쿄코 씨는 뭐라고 답변할까.

뭐, 오늘 흐름을 보건대 진지하게 대답해 줄 거라고는 전혀 생각할 수 없지만, 그래도 쿄코 씨가 어떤 식으로 받아넘길지에도 흥미가 발동하지 않을 수 없다. 청중 대부분이 같은 마음이지 않을까.

"좋지 못한 질문이네요."

라며 쿄코 씨는 기가 막힌 듯 양팔을 벌렸다.

그렇게 생각해서 그렇게 말했는지, 아니면 처음부터 라스트는 그런 변화구로 마무리할 생각이었는지, 의도하는 바는 알 수가 없다.

"당신의 남성 편력에 대해서는 논할 입장이 못 되고, 저의 남성 편력에 대해서도 논할 방법이 없습니다. 비슷한 사람만 좋아하게 되든 날마다 다른 사람을 좋아하게 되든 저로서는 그 자체를 기억할 수 없으니까요. 독신임에는 분명한 것 같지만… 따라서 일반론으로 대답을 대신하도록 하겠습니다."

그것은 8년 전의 일반론일까.

아니면 오늘 배운 일반론일까.

아니면, 인류가 쭉 반복해 온 일반론일까.

"당신이 패턴을 답습하고 있든, 아니면 과거의 실패에 질리는 일 없이 싹 잊고 비슷한 사람을 좋아하게 되든. 제가 기억이 리셋될 때마다 비슷한 사람을 좋아하게 되든 기억이 리셋될 때마다 다른 사람을 좋아하게 되든, 그런 건 어느 쪽이나 크게 다르지 않습니다. 왜냐하면…."

망각 탐정은 말했다.

고집스러울 정도로 명랑한 미소를 지으며.

"남자란, 이놈이고 저놈이고 다 똑같으니까요."

오키테가미 쿄코의

혼인신고서

제 1 화

카쿠시다테 야쿠스케, 취재를 받다

1

쿄코 씨의 강연회를 듣고 온 지 대략 한 달이 지났지만, 나는 변함없이 무직자 꼴로 구직 중인 상황이었다. 명탐정의 다양한 활약상을 보았지만, 참으로 한심한 일이다.

지성이야 어쨌든 다양성은 갖고 싶다.

그렇다 해도 내 명예를 위해 해명하자면(애당초 내게 명예 같은 건 없지만, 그건 그렇다 치고) 요 한 달간 계속 무직이었던 것은 아니다. 내게도 움직임은 있었다.

강연회 직후, 나는 어느 신용금고의 사무원으로 채용되었다. 그리고 의기양양하게 채용된 직후, 숨이 간당간당하도록 해고당했다.

그리하여 현재에 이른 것이다.

해고당한 원인은 여느 때처럼 기억에도 없는 누명이라는 것이다. 매번 있는 일이라고 말할 수밖에 없다. 아니, 신용금고라는, 돈을 관리하는 직장이라는 시점에서 이미 숨 막힐 만큼 불길한 예감은 들었지만, 내게 직업 선택의 자유란 있을 턱도 없었다. 채용해 주는 것만으로도 감사히 생각해야 하며 실제 진심으로 그렇게 생각했는데, 역시라고 해야 할까 설마라고 해야 할까, 인턴 단계에서 일찍이 업무상 횡령 혐의를 뒤집어썼다.

다행히도… 아니, 불행 중 다행히도 이런 경우의 대처에는 빠삭하다. 아주아주 빠삭하다. '뭐, 늘 있던 일인걸'이다. 원죄冤罪 히어로인 나는, 이성을 잃고 나를 닦달하는 상사에게 '탐정을 부르게 해 주십시오'라고 선언했고, 휴대전화에 등록된 탐정 리스트에서 적절한 '명탐정'에게 의뢰 전화를 걸었다.

쿄코 씨가 아니다.

아무리 생각해도 하루 만에 해결할 수 있는 유형의 사건이 아니었고, 또 신용금고와 같이 화폐가 모이는 장소에 자칭 '돈의 노예'인 그녀를 부르는 일이 적절하다고는 도저히 생각할 수 없었기 때문이다. 부적절하기 그지없다. 그러므로 내가 의뢰한 사람은 은행 관련 사건을 전문으로 하는, 일명 대차貸借 탐정 무토夢藤 씨였다.

우수한 탐정이지만, 그만큼 요금도 비싸다.

얼추 쿄코 씨의 세 배 정도가 기본이지만, 죄상이 업무상 횡령이다 보니 그런 불명예스러운 누명은 한시라도 빨리 벗어 버리고 싶었다. 이 또한 대大를 위한 소小의 희생이다.

이미 끝난 사건이니 결론만 말하자면… 의뢰비가 비싼 만큼 대차 탐정은 내 억울한 죄를 완벽히 벗겨 주긴 했으나, 진범으로 죄가 까발려진 사람이 직장의 아이돌 격 존재인 은행원이었기 때문에 내 불편은 갑절로 늘어(범인으로 지목되었을 때보다 오히려 나에 대한 반감이 거세졌다. 아시다시피, 인간의 감정은 단순하지 않다), 결국 자진 퇴사하게 되었다.

일신상의 사유이다.

입막음비와도 같은 퇴직금은 그대로 통장을 스쳐 대차 탐정에게 흘러가 버렸으므로, 이번이 몇 번째인지 알 수 없는 내 '직장 체험'의 수지는 본전치기로 끝난 셈이다. 과연 대차 탐정이라고 할까.

좌우 균형이 잡힌, 훌륭한 밸런스 시트balance sheet였다.

따라서 요 한 달을 총괄하자면, '한때 의욕적으로 악착같이 일해 보기는 하였으나 결과적으로 집에서 매일 자는 것과 크게 다르지 않았다'라는 게 된다. 말도 못 하게 덧없다.

뭐, 엄밀히 말하자면 본전치기도 아니다.

한 달간 나도 살아가는 걸 하지 않으면 안 되었고, 그래서 당연히 생활비라는 것이 발생했다.

그런 만큼 마이너스다.

살아 있기만 해도 마이너스라니, 무슨 인생이 이럴까.

이래서야 죽어 있는 편이 더 효율적일지도 모른다.

그런 밸런스 시트가 있어도 될까.

비관적이 되어도 어쩔 수 없지만, 돈 들어올 곳이 없을 때 야금야금 저금을 갉아먹는 것은 정신적으로 괴로운 데가 있다. 바로 그처럼 우울한 타이밍이었기 때문에 나는 날아 들어온 그 '취재'에 응할 마음이 든 것이다.

2

본인은 잊었지만, 쿄코 씨가 펼친 망각 탐정으로서의 눈부신 활약을 생각하면 그녀에게 강연회 의뢰가 갔다고 하더라도 놀랄 건 없다(놀랐지만).

그러나 명탐정도 아니거니와 눈부신 활약도 하지 않은, 말하자면 아무 사람도 아닌 내게 취재 의뢰가 들어온다는 것은 놀랍다기보다도 어리둥절한 일이었다. 누군가와 착각한 게 아닐까 싶었지만, 카쿠시다테 야쿠스케隱館厄介라는 이름의, 신장 190센티미터를 넘는 거한이 달리 있을 것 같지도 않다.

혹시 내가 망각 탐정의 '단골'임을 알아차린 기자가 그녀에 대한 주변 취재를 요청한 건가 의심했지만, 그게 아니라(몇 번을 확인해도 그게 아니라) 어디까지나 나 개인을 메인으로 한 취재라고 한다.

나를 주축으로 하는 이야기라니 영문을 알 수가 없어 혼란스럽기만 했는데, 자세히 들어 보니 선뜻 납득할 수 있는 취재 의도였다. 쿄코 씨의 단골손님이기 때문이라는 발상은 완전히 맞지는 않았더라도 크게 틀리지도 않았던 것이다.

단, 취재 의뢰를 받은 쪽은 엄밀히 말하자면 망각 탐정 **및** 온갖 명탐정의 '단골'로서의 카쿠시다테 야쿠스케였다.

덧붙여 말하자면 '단골'인 '의뢰자'로서의 카쿠시다테 야쿠스케가 아니라, '단골'인 '원죄자冤罪者'로서의 카쿠시다테 야쿠스 케를 꼭 인터뷰하고 싶다는 모양이다.

원죄 히어로, 카쿠시다테 야쿠스케.

아하~ 그렇군, 기억에도 없는 죄를 계속 뒤집어써 온 야쿠스 케 군의 반평생을 유쾌하게 글로 엮어 주겠다는 생각이었나 싶 어, 나는 그 요청을 '늘 있는 일'이 아닌 '항례가 된 그것'으로 정 리하려고 했지만, 더욱 자세히 들어 보니 기사가 실리는 곳은 현재 인터넷 매체로 발행 중인 신진 보도 계열 잡지로, 특집 테 마는 '원죄는 왜 발생하는가, 어떻게 하면 막을 수 있는가'라는, 놀라울 만큼 정통파이며 겁이 날 만큼 사회파였다.

잡지명도 『견실한 걸음』이란다. 웃음기 따위는 하나도 없을 듯 한 어감이다.

유쾌하지 않다.

그건 그렇고, 솔직히 평소 같았으면 속전속결로 거절했을 유 형의 요청이었으나, 거절하기 힘든 이유가 두 가지 있었다.

하나는, 취재 요청을 중재한 사람이 내 친구 콘도紺藤 씨였다 는 것. 또 하나는, 앞서 말한 대로 최근 한 달의 수지가 마이너 스였다는 것. 취재에 협력하여 사례금이 나온다면 그보다 고마 운 일은 없다.

엄청 호들갑이 아니라 엄청 진지하게, 사느냐 죽느냐의 기로 에 서 있기 때문이다. 생사가 달린 문제이다.

당연히 해고당한 지 얼마 안 되어 누군가가 이야기를 들어 주었으면 하는 바람도 있었다.

그리고 감히 말하자면, 쿄코 씨가 강연회에서 꺼낸 '사회 공헌'이라는 말이 머릿속에 남아 있었다. 쿄코 씨의 머릿속에는 이미 남아 있지 않을지라도, 보잘것없는 나 같은 남자가 이야기하는 속절없는 체험담이 세상을 조금이나마 좋은 곳으로 만들지도 모른다면, 누군가의 구원이 될지도 모른다면 가끔은 이런 것도 좋다고 생각했다.

사회 정의를 거론할 수 있을 만큼의 윤리감은 내게 없지만, 가끔은 다른 사람에게 도움이 되는 것도 좋으리라.

쿄코 씨 같은 패션 센스는 없을지라도, 누명을 뒤집어쓴 내 자태를 세상에 알리는 데 의미가 있다면.

그런 이유로, 익명을 조건으로 나는 『견실한 걸음』의 취재에 응하기로 했다. 그것이 어떤 결과를 낳을지는 깊이 생각하지도 않고.

나 참, 정말로 안 어울리는 일은 하는 게 아니다.

3

"처음 뵙겠습니다. 카코이 토시코囲井都市子입니다."

취재 당일, 그런 식의 인사를 받고 나는 기시감을 느꼈다. 약

속 장소인 찻집에 시간 맞춰 나타난 저널리스트를 전에 어디선
가 만난 것 같았기 때문이다.

망각 탐정도 아니고, 상대가 '처음 뵙겠습니다'라고 한 이상
틀림없이 처음 만났을 텐데… 어, 망각 탐정?

그것으로 연상할 수 있었다.

그렇다, 이 사람과는… 카코이 씨와는 쿄코 씨의 강연회에서
만났다.

아니, 정확하게는 만난 게 아니다. 나는 그녀의 뒷모습을 봤
을 뿐이다.

뒷머리를 봤을 뿐이다.

강연회 후반의 질의응답 때, 마지막에 질문한 사람이 카코이
씨였던 것이다. 그 당시 얼굴을 본 것은 아니지만, 어쨌든 흑발
의 롱 헤어는 인상적이었다.

멋진 헤어스타일…이다.

물론 확신할 수는 없다.

어디까지나 뒷자리에서 봤을 뿐이고, 그것도 한 달 전의 기억
인 데다, 당연하지만 옷차림도 그때와는 다르다. 그날 '그녀'는
캐주얼한 패션이었으나, 오늘의 그녀는 저널리스트 느낌이 물씬
나는 말끔한 복장이었다.

다만,

"아무래도 아직 부족한 몸이라 미흡한 점도 있겠지만, 오늘은

잘 부탁합니다, 카쿠시다테 씨."

라고 또박또박 말하는 그녀의 목소리는 역시 그때의 질문자와 동일하게 느껴졌다. 그렇다 하나.

"처음 뵙겠습니다. 저야말로 잘 부탁합니다."

나는 그렇게 받아쳤다.

여기서 '아니요, 전에 어디어디서 뵈었죠. 모르시겠어요? 그때 그 저예요, 저'라고 해 봤자 대화가 활기를 띨 것 같지도 않다. 오히려 기분 나빠할지도 모른다. 확신이 있는 것은 아니고, 당시에 대화를 한 것도 아니므로 상대방이 기억하지 못한다면 나로서는 '초면'으로 밀고 나가는 게 정답이다.

그건 그렇고, 만약 그때 그 질문자가 카코이 씨였다면, 그럼 그 강연회에도 기자로서 참석했던 걸까?

혹시 그녀가 기자로서 가장 관심 있는 것은 역시 쿄코 씨로, 단골인 나를 통해 망각 탐정의 내면에 파고들려고 하는 것이 아닐까, 하는 의심도 다시 고개를 쳐들기 시작했지만… 뭐, 아마도 그럴 리는 없을 것 같다.

그 복장은 회장의 분위기에 맞춘 것이었다 해도, 만약 업무상 쿄코 씨의 강연회에 참석한 것이었다면 그때 좀 더 망각 탐정의 본질에 다가서는 듯한 질문을 했으리라. 경박하게도 패션에 대해 물었던 나로서는 남의 이야기를 할 수 없지만, 자신의 연애 상담까지 꺼낸 카코이 씨가 업무상 그 자리에 있었다고는 생각할 수 없다.

그것은 이 사람의 프라이빗한 일이었으리라.

프라이빗한 일이며, 프라이버시이기도 하다.

그렇다면 더욱 그 일에 대해서는 언급하지 않는 편이 낫다. 근엄한 표정을 하고 이제 진지한 테마로 인터뷰를 진행하려 하는 카코이 씨의 의욕을 공연히 흐트러뜨리는 듯한 일은 하고 싶지 않다.

연애 상담이, 그것도 '남성 편력에서 실패를 반복한다'라는 내용의 연애 상담이 내 귀에 들어갔음을 알고도 전혀 동요하지 않고, 그 후의 업무를 변함없는 자세로 소화할 수 있을 거라고는 생각되지 않는다.

인터뷰 진행자에 대한 인터뷰 대상자로 일관해야 한다.

"……? 어디 불편하세요?"

"어, 아뇨, 긴장돼서. 이런 취재를 받는 일은 좀처럼 없거든요."

이상한 듯 고개를 갸웃하는 카코이 씨에게 나는 그렇게 얼버무리면서 음료를 주문했다. 그런 대답에 납득했는지 어떤지는 알 수 없지만, 카코이 씨는 "그렇군요. 저도 긴장돼요."라면서 보이스 레코더를 테이블 위에 놓고 노트북을 펼쳐 빠릿빠릿하게 취재 준비를 해 나갔다.

정말로 유능한 여성이라는 느낌이다.

옛날 같았으면 핸섬 우먼*쯤 되었을까. 아니, 그런 예스러운 표현은 기억이 쌓이지 않는 쿄코 씨라 해도 쓰지 않으려나.

쿄코 씨와는 타입이 다른 듯하지만 일에 대한 자세는 호감이 간다.

좀처럼 없는 일이라고 했지만, 나도 지금까지 이런저런 일이 있었기에 취재를 받는 것 자체는 처음이 아니다. 하지만 질문 내용이 내용인 만큼 별로 좋은 기분으로 마치는 일은 없었는데(따라서 긴장된다는 것은 거짓말이 아니다), 아무래도 오늘은 그런 걱정을 하지 않아도 될 것 같다.

내가 쓸데없는 말을 하지 않는다면 말이지만….

"카쿠시다테 씨는 지금까지 많은 원죄 사건에 휘말려 오셨다던데, 우선은 그에 대해서 어떤 식으로 생각하고 계신가요?"

두 사람 몫의 음료가 나왔을 때 즉시 카코이 씨가 말문을 열었다. 테이블 위에 그녀가 준비한 보이스 레코더는 두 대. 자신의 목소리를 녹음할 것과 내 목소리를 녹음할 것으로 나뉘어 있다. 그러는 편이 글로 옮길 때 편리한가. 계획적인 면은 쿄코 씨와 닮았다.

노트북에는 속기사처럼 요점을 적을 생각인가 보다. 단 한마디도 놓치지 않겠다는 그녀의 자세에 압도되어, 나는 긴장을 뛰

※핸섬 우먼 : 종군간호사이자 여성교육자였던 니지마 야에의 별명에서 유래한 말로, 행동이나 태도가 당당한 여성을 가리킨다.

어넘어 위축되고 말았다.

미안하지만, 그렇게 본격적으로 나올수록 대단한 이야기는 할 수 없을 거라고 생각한다. 확실히 나는 일반적으로 있을 수 없는 경험을 쌓았는지도 모르지만, 그래서 무언가를 배웠는가 하면 그렇지는 않기 때문이다.

그때마다 허둥댔다.

어버버하며 거품을 물었다.

배우지도 않고 질리지도 않은 채 같은 패턴을 반복할 뿐… 아, 그런 걸 이야기하면 되려나?

패턴이다.

"지금까지 제가 경험해 온 원죄에는 대략 세 가지 패턴이 있습니다. 첫 번째는 까닭 없이, 이유도 근거도 없이 선입관과 편견으로 저를 의심하는 패턴. 두 번째는 증거나 상황으로 보아 범인은 저밖에 없다고 넘겨짚는 패턴. 세 번째는 진범이 죄를 덮어씌우는 패턴. 억울한 죄인 이상, 두 번째인 '의심을 받아도 어쩔 수 없는' 케이스나 세 번째인 '의심을 받도록 꾸며진' 케이스가 많을 거라고 생각할지도 모르지만, 대부분을 차지하는 것은 사실 첫 번째 패턴이었습니다."

"즉, 이유 없이 의심을 받는 케이스인가요?"

카코이 씨의 경쾌한 추임새에 나는 "네. 그렇습니다."라고 수긍했다. 왠지 모르게 이러한 유형 분류식 해설은 쿄코 씨의 수수께끼 풀이 장면 같다고 생각하면서.

어쩐지 나도 아무것도 배우지 않은 건 아닌 모양이다.

카코이 씨가 쿄코 씨의 팬이라면, 그렇게 말하는 편이 요지가 전달되기 쉬우리라는 계산이 있었던 것은 결코 아니지만.

"그래서 '어떻게 생각하는가'라고 감상을 묻는다면 '영문을 알 수 없다'라는 것이 솔직한 심정입니다. 어째서 다들 저를 의심하는지, 저 자신으로서는 전혀 의미 불명입니다. 그런 만큼 혼란에 빠져, 당황하여, 거동이 수상한 태도를 보임으로써 더욱더 의혹이 증폭되기도 하고."

신용금고에서 업무상 횡령 혐의를 뒤집어썼을 때를 떠올렸다. 아무런 증거도 없는데 나를 의심하는 한편, 아이돌 격 존재였던 진범 은행원은 특별한 근거도 없이 알리바이 추궁도 하지 않고 믿어 주었던 것 같다.

심지어는 대차 탐정 무토 씨에 의해 진상이 밝혀지고도 계속 '그 사람이 그럴 리 없다'라며 굳건히 믿을 기세였다.

"그런 경우가 반복되다 보면 그것이 '당연한 일'이 되어 버려요. 혐의를 푸는 방법에만 통달하게 되고, 그렇게 되면 본말전도죠."

탐정을 고용하여 터무니없는 의심에서 벗어난다는 것은 훌륭한 방어책 같으면서도, 그로써 수지는 본전, 엄밀하게는 마이너스가 되므로 별로 의미가 없다고도 할 수 있다.

적어도 생산적이지 않다.

결국 거의 매번 잘리고 있다. 세워야 할 대책은 원래 '혐의를 뒤집어쓰지 않도록 한다'인 것이다.

"그것은 즉, '자두나무 밑에서 관을 고쳐 쓰지 말라'라는 건가요?"

라고 말하는 카코이 씨.

"마치 의심을 받는 쪽에 원인이 있다는 말처럼도 들리지만."

"아니요, 마음이 약해졌을 때는 그런 식으로 생각하기도 하지만, 저는 기본적으로 제게 잘못이 있다고는 생각하지 않습니다. 바로 그렇기 때문에 더 고달프기도 하지만."

죄를 인정하지 않으면 반성하지 않는 것처럼 보인다. 사과를 하면 거짓말을 하는 게 된다. 그렇지만 인정해야 할 죄도 바로잡아야 할 거짓도 내게는 없다. 의심받을 때의 내게는 '그런 일은 하지 않았으면 좋았을걸' 하고 후회해야 할 대상이 없기 때문이다.

원인 따위는 없다. 따라서 원인 불명.

기껏해야 운명을 저주하는 것 정도밖에 할 일이 없지만, 인위성이 개입되어 있는 만큼 단순히 신의 탓으로 돌릴 수도 없다. 신께서도 '내 탓이 아냐'라고 말씀하실 것이다.

"굳이 말하자면, '이전에 불합리하게 의심받은 적이 있다'라는 사실이 또 다른 의심을 불러일으키는 경우라면, 있는 모양입니다."

"의심을 받았기에 의심을 받는다고요?"

카코이 씨가 의아한 듯 이지적인 얼굴을 일그러뜨렸다. 그렇게 되면 너무도 희망이 없다고 생각했으리라.

뭐, 나 자신도 그렇게 생각한다. 희망이 없다.

하지만 그것이 현실이기도 하다.

인생에서는 관을 고쳐 쓰지 않더라도, 자두나무 밑을 걸은 것만으로도 의심을 받는 경우가 있다. 그것이 반복되면 그것이 당연한 일이 된다. 아무것도 느끼지 않게 된다. '늘 있던 일인걸' 하고 생각할 수 있으면 그나마 나은 편이다.

패턴화이다.

그렇다면 자두나무 밑의 길을 걷지 않으면 된다는 말이 될지도 모르지만, 그 이외의 길을 모르면 그 길을 걷지 않을 수 없다. 다른 패턴의 개척이란 웬만해서는 할 수 있는 게 아니다.

도로 공사는 대사업이다.

"어쩐지 전과가 있으면 용의자 리스트에 오르기 쉽다와 같은 이야기네요. 실제로 전과가 있는 건 아니지만."

맞장구라기보다, 그것은 독백 같았다.

인터뷰 진행자로서가 아닌 저널리스트로서의 발언인지도 모른다.

"전과가 있고 사회적 제재를 받았다면, 그 후 제대로 된 곳에 취직하기 힘들어져 할 수 없이 재범에 이르게 된다. 그런 악순환 같기도 해요."

"…사기 피해자는 '이전에 사기에 걸려들었다'라는 이유로 사기꾼의 표적이 되기 쉬워진다는 사례와도 닮았다고 생각합니다."

나는 사기 피해자가 된 적이 없지만(사기 가해자로 의심받은 적은 있다), 몇 번이고 연달아 속은 사람의 이야기를 듣다 보면 '첫 번째는 이해한다 쳐도, 두 번째, 세 번째는 왜 막을 수 없었지?'라는 의문이 들 때가 있다.

자칫 '그렇게까지 속는 것은 역시 속는 사람의 잘못 아닌가?'라고 생각해 버릴 수도 있다. 그렇지만 대개의 경우, 피해자가 특별히 잘못한 것은 아니고 가해자가 특별히 교묘하다고 할 수도 없다.

분명 피해자도, 혹은 가해자도 그러한 패턴에 빠진 것뿐이리라.

두 번 있는 일은 세 번 있다…가 아니라, 두 번 있었기 때문에 그에 이어 세 번째 일도 벌어졌다고 해석해야 한다.

"피해자가 계속 피해자로 남는 사슬은 물론이거니와, 피해자가 가해자로 변하는 사슬에는 외면하고 싶어지는 측면이 있죠. 하지만 대부분의 경우, 그렇게 되기 십상이에요."

카코이 씨의 말에 나는 "그렇죠."라고 수긍했다.

명탐정이 등장할 법한 추리소설에 그려지는 범인도 라스트 신에 가서는 슬픈 동기가 밝혀지는 경우가 있다. 범인 또한 피해자였다고 눈물과 함께 묘사되는 경우가 있다. 사람을 죽이는 데는 그에 필적할 만한 이유가 필요하다고, 작가도 독자도 무의식중에 생각하고 있기 때문이리라.

하지만 그것은 통쾌한 복수극이라기보다는 피해자가 가해자로 변했다는 비극의 구도임에 틀림없다. 도저히 통쾌하다고는 할 수 없다. 안쓰러움만이 남아 불쾌하기까지 하다. 사회가 쭉 그런 일을 반복해 왔다고 생각하면 비극을 뛰어넘어 아예 희극이라고 해야 하지만.

"저 역시 의심만 받아 와서 어떤 의미에서는 피해자인 것처럼 행세하고 있지만, 자신이 언제 가해자 측으로 돌아설지 모른다는 불안도 있습니다."

"…어차피 무고한 죄를 뒤집어쓸 거면 실제로 악행에 손을 댄다고 해도 마찬가지라는 사고방식인가요?"

"역시 그 정도로 난폭하게는 생각하지 않지만… 그래도 이유도 없이 저를 의심하던 사람들이 특별히 악인인 건 아니었습니다. 오히려 선량했죠. 선량함 때문에 범인을, 악인을 지탄하듯이, 말하자면 의분에 휩싸여 저를 규탄하려 한 것입니다…."

법과학적으로 말하자면 증거도 없는데, 더군다나 착각인데 누군가를 범인 취급하는 것은 엄연한 범죄이다.

범죄를 저지른 이상 그 사람들을 단순히 선량하다고는 말할 수 없다. 하지만 그 사람들은 결코 악의를 갖고 나를 비난한 게 아니다. 적어도 악의만은 아니었다. 윤리관과 정의감이 있었다.

"…그래서 저 역시 부지불식간에 같은 일을 하지는 않을까 생각하곤 합니다. 보도나 뉴스를 곧이곧대로 믿고, 이유도 없이 근거도 없이 누군가를 무언가의 범인이라고 단정 지어 버리지는 않았을까 하고."

"보도를 직업으로 하는 몸으로서는, 따끔한 지적이네요."

라며 카코이 씨는 옅은 미소를 지었다.

"그렇게 되지 않도록 나름대로 유의하고 있고, 바로 그렇기 때문에 이번과 같은 특집을 꾸미려 하는 것이지만, 정보 매체가 과열된 나머지 많은 억울한 죄를 낳아 온 것도 사실이겠죠."

비꼬는 말처럼 들렸을까. 하지만 그 점을 심플하게 범죄 보도의 이면으로만 본다면 그것은 그것대로 본질을 쏙 빼놓는 일인지도 모른다.

그런 건 보도에 종사하는 사람뿐만 아니라 다들 하고 있다. 가정에서, 학교에서, 직장에서, 다들 하고 있다. 말하자면 '범인 찾기'와 '범인 맞히기'는 이면조차도 아닌 인간의 한 측면이다.

물론 영향력의 차이는 있지만, 지금은 개인이라도 의견이나 편견을 전 세계에 발신할 수 있는 시대이다.

아니, 시대를 탓하는 것도 이상한가.

집 안에서 오갔을 법한 소문이 국가 전복이나 대공황으로 이어졌다는 식의 에피소드는 역사상 일일이 셀 수가 없을 정도이다. 그 또한 지겹도록 반복되는 패턴이다.

"이야기가 커지려 하니 원점으로 돌아갈까요⋯. 그럼, 카쿠시다테 씨. 반복하여 원죄를 뒤집어쓰지 않기 위해서는 애당초 한 번도 의심받지 않게끔 하는 수밖에 없다는 말이 되나요?"

"그게 가능하다면 고생할 일은 없겠죠. 가뜩이나 이런 경우의 대책은 어려울 텐데, 게다가 첫 번째라면 더욱 막기가⋯ 반대로 말하자면 베스트 대책이 그것일 경우, 한 번이라도 의심을 받았다가는 아예 끝장인 셈이 될 수도 있고요."

그렇게 생각하면 나는 그나마 운이 좋은 케이스로 분류될지도 모른다. 단 한 번, 터무니없는 의심을 받아 직장도 가족도 잃고, 인생을 망치는 경우도 있기 때문이다.

두 번 있는 일은 세 번 있기는커녕 첫 번째 억울한 누명이 있었기에 두 번째도 세 번째도 사라지고 말았다. 모든 것이 사라진다.

당연히 평상시 의심받는 일이 없도록 주변 사람과 좋은 이웃 관계를 쌓아 두는 것은 중요하리라. 그야말로 신용금고의 진범처럼 범행이 확정되고도 여전히 믿어 줄 만한 관계성을 주위에 쌓아 두면, 여차할 때 의지할 수 있는 동료가 있는 셈이다.

내 경우에는 콘도 씨가 그랬다.

출판사에서 아르바이트할 때 일어난 사건으로 모두가 나를 의심하는 가운데 그 사람만이 나를 끝까지 믿어 주었다.

기뻤지만, 동시에 마음이 켕기기도 했다.

그의 사람 좋은 성격을 심술궂은 내가 이용하는 것 같았기 때문이다. 그쯤 되면 너무 비굴하지만, 계속 의심을 받다 보면 비굴해지게 마련이다.

"단, 평상시 몸가짐을 바로 하고 산다는 것은 생각해 보면 당연한 일이지만, 그럴 수 없다는 사람도 있습니다."

요령껏 살 수 없다거나, 시대를 따라갈 수 없다거나, 아무리 노력해도 주위와 잘 어울릴 수 없다거나. 그런 사람들에게 '평상시 제대로 하지 않은 게 잘못이다'라고 말하는 건 너무 가혹하다.

딱히 제대로 하지 않는데 멀쩡히 생활하는 사람이 있다는 것도 사실이다.

게다가 평상시 몸가짐을 바로 하고 살면 절대 억울한 죄를 뒤집어쓰는 피해자가 되지 않는가 하면 그렇다는 보장은 전혀 없다.

신용금고 진범의 경우에는 그렇지 않았지만, 추리소설에 있어서 범인은 가장 의심스럽지 않은 등장인물이라는 게 하나의 법칙이듯이, '설마 그 사람이 그런 일을 할 줄은 몰랐다'라는 발언의 진의는 '역시 그 사람이었구나'라는 납득과 사실 별로 차이가 없기도 하다.

누구든 어떻게 하든 닥쳐온 원죄를 피하기란 불가능하기 때문
이다.

"성적이 좋든 품행이 나쁘든, 인기 있는 사람이든 손가락질받
는 사람이든, 누구든 반 안에서는 괴롭힘의 표적이 될 수 있다
는 것과 마찬가지려나요. 억울한 누명의 피해자가 되는 데 특별
한 이유 따위는 필요 없어요."

"괴롭힘이라고요?"

카코이 씨가 내 말을 되뇌었다.

예로 든 것인데, 그녀로서는 그쪽이 더 마음에 걸렸던 걸까.
『견실한 걸음』은 사회파 잡지이니 원죄 문제뿐만 아니라 그런
테마의 특집도 꾸밀 일이 있을지 모른다.

하지만 그것은 이번 주제가 아님을 곧 깨달았는지,

"이유도 없이 억울한 죄를 뒤집어쓴 입장에서는 사회로부터
괴롭힘을 당하는 것처럼 느껴질지도 모르겠네요."

라고 카코이 씨는 궤도를 수정했다.

그리고 질문했다.

"카쿠시다테 씨는 원죄를 세 가지 패턴으로 나누셨는데, 실제
로 그런 피해를 입게 되면 모두 똑같이 부조리하지 않나요?"

"세 가지 다 부조리한 건 말씀하신 대로지만, 두 번째와 세 번
째 케이스의 경우 대처가 불가능하지는 않습니다. 증거가 저를
가리킨다면 그 증거의 오류를 지적하면 되고, 누군가가 저를 함

정에 빠뜨리려 한다면 그 누군가를 알아내면 되죠."

하긴, 그 일을 하는 건 내가 아니라 탐정 여러분이지만. 어쨌든 명예 회복이나 사회 복귀는 또 다른 문제라고 하더라도, 누명을 벗는 것뿐이라면 그 케이스들에서는 **논리적**인 사고로 대처할 수 있다.

"과연… 이해가 가네요. 그렇지만 카쿠시다테 씨, 가장 많은 원죄는 첫 번째 케이스인 거죠?"

"네. 그래서 어렵죠."

확고한 이유도 없이, 누구의 의도도 없이, 흐름상 등의 경위로 의심받는 경우에는 아무리 명탐정이라 해도 보이지 않는 벽에 부딪치게 된다.

감정적인 벽에.

"두 번째나 세 번째 케이스가 훗날 첫 번째 케이스가 되는 패턴도 있고요. 그것은 그중에서도 최악의 패턴이지만."

명탐정의 조력을 얻어 애써 혐의를 풀어 봤자 별로 의미가 없는 경우도 있다.

뭐, 죄를 뒤집어씌운 쪽도 죄를 뒤집어씌운 쪽이라서, 한 번 의심한 이상 여간해서는 뒤로 물러날 수 없다는 사정도 있을 것이다.

이른바 자기 보신保身이다.

아까도 잠깐 언급했지만, 무고한 사람에게 죄를 뒤집어씌운다는 것은 별도의 독립된 범죄이기 때문에, 의도치 않게 그런 죄를 저질렀다는 사실을 인정하고 싶지 않아서 잘못을 솔직하게 인정하지 않게 되고, 용의자의 무죄가 증명되고 나서도 계속 '그래도 그 녀석이 범인임에 틀림없다'라고 생각하게 된다.

죄에 죄를 거듭한다. 도리어 '우리들도 속은 거야'라고, 마치 피해자 같은 말을 꺼낼지도 모른다.

"지금껏 제가 휘말려 온 억울한 사건의 관계자 중에는 여전히 저를 범인으로 믿는 사람도 있을 거라고 생각합니다. 제가 '교묘하게 발뺌했다'라고 생각하여 한층 큰 원한을 품고 있는 사람이."

아니, 그보다 모든 일이 기분 좋게 싹 해결되는 편이 드문 케이스다.

내가 탐정을 불러 일신의 결백을 증명한 것과, 범인이 솜씨 좋은 변호사를 고용하여 사건을 합의로 몰고 간 것을 별 차이 없이 받아들인 사람들은 상당수 있었다. 뭐, 실제로 비슷한 부분도 있다.

강하게 부정할 수는 없다.

보는 시각에 따라 휴대전화에 변호사나 탐정의 전화번호가 저장되어 있다는 라이프 스타일은, 평상시 몸가짐을 바로 하고 이상한 의심을 받지 않도록 유의하면서 생활하는 것보다 한발 더 나간 자세라고 말할 수 없지도 않다.

의미로서는 범죄 피해와 맞닥뜨리는 것을 막기 위해 호신 벨을 휴대하는 것과 다를 바 없겠지만, 바로 그러한 '대책'이 또 다른 의혹을 불러일으키는 원인이 되기도 하니 참 얄궂다.

"……? '대책'이 의혹을 불러일으킨다는 건 무슨 뜻인가요?"

"으음, 그러니까… '틀림없이 켕기는 게 있으니까 그런 대책을 세우겠지'라고 생각할지도 모른다는 뜻입니다."

씌워진 혐의를 부인하면 '반성하지 않는다'라고 여기는 것과 같다. 일단 의심을 받게 되면 무엇을 하든 의심스럽게 보인다는 것이다. 자기 보신이 아닌 최소한의 자기방어책조차.

"……."

카코이 씨는 입을 다물어 버렸다. 인터뷰 중인데.

초반부터 너무 무거운 이야기가 된 걸까.

물론 밝은 이야기가 될 리도 없지만.

"뭐, 중요한 것은 다른 사람이 어떤 식으로 생각하든 자기 몸은 지키지 않으면 안 된다는 부분일까요. '의심받는 나에게도 나쁜 부분이 있었다'라면서 포기해 버리면 정말 끝장입니다."

따라서 애써 씩씩하게 총괄해 보았지만, 안타깝게도 그리 긍정적으로 들리지는 않았다.

카코이 씨도,

"…하지만 그건 억울한 누명을 쓴 게 아니라 실제 범죄를 저질렀을 때도 할 수 있는 말이잖아요? '자신이 잘못했다'라고 반성하는 것과 '어차피 해 버린 일이니까'라며 자포자기에 빠지는 것이 별개의 문제이듯이."

하며 골똘한 표정을 허물지 않았다.

흐음.

그런 식으로 생각한 적은 없다.

카코이 씨는 저널리스트이니 범죄 피해자나 나 같은 원죄자뿐만 아니라 실제 죄를 저지른 가해자에게서도 이야기를 들을 기회가 많을 것이다. 바로 그렇기 때문에 내놓을 수 있는 견해라고 해야 할까.

'이 목숨으로 속죄하고 싶다'라는 마음과 '아무래도 좋으니 사형시켜 달라'라는 마음이 같을 리 없고, 저지른 죄를 반성하므로 변호사를 고용할 생각이 없다고 한들 피해자의 울분이 가라앉는 것도 아니리라.

솜씨 좋은 변호사를 고용하든 변호사를 거부하든, 그 말을 꺼내는 한 피해자는 기뻐하지도 만족하지도 않는다.

또 추리소설 이야기가 되어 버리는데, 미스터리에는 명탐정에게 범행을 지적받은 진범이 독배를 들이켜 자살한다는 법칙이 있다.

아무리 특권적인 지위에 있는 명탐정일지라도 범인을 죽음으로까지 몰아넣으면 안 되지 않느냐는 소리를 듣기 십상인 클라이맥스지만… 뭐, 극적인 연출이고, 살인죄는 죽어서 속죄할 수밖에 없다는 이야기 나름의 밸런스 감각이기도 하리라. 그렇지만 그 지경으로 몰아넣은 명탐정의 책임 유무를 문제 삼기 이전에, 현실 세계에서 그렇게 끝나면 범인에게만 좋은 일을 시키는 셈이다.

마치 앙갚음 같은 자살이지 않은가.

범인이 마지막에 자살함으로써 표하려는 것은 반성의 뜻이 아니라 탐정에 대한 보복에 가까운 것이다. 뭐, 그럼 무엇을 해야 반성한 셈이 되는가 하는 것에도 어찌할 수 없는 미묘한 문제가 내포되어 있지만.

징역이거나 배상이거나.

하지만 그것도 생각해 보면 반성과는 다른 개념이다.

사람을 죽여 징역 10년 형을 사는 것을 둘러싸고 인생의 10년을 소비하여 사람을 죽여도 될 권리를 획득하는 것으로 해석하거나, 또는 벌금을 둘러싸고 남에게 폐를 끼쳐도 돈만 내면 되는 것으로 해석하는 건, 아무리 생각해도 곡해이다.

속죄.

물론 억울한 죄를 뒤집어썼을 때는 나도 그것을 요구받는 입장이 되며, '짓지도 않은 죄를 어떻게 반성하면 좋을지 모르겠다'라고 생각한다는 것은 아까 말한 대로지만, 그럼 '저지른 범죄'에 대해서는 어떻게 반성하면 좋을까?

모르겠다.

내가 답할 수 있는 문제가 아니다.

"아니요. 오늘 인터뷰에서 카쿠시다테 씨에게 꼭 묻고 싶었던 것 중 하나가 바로 그것이에요. 꼭 답변해 주셨으면 해요."

"네?"

어리둥절해하는 나에게,

"그게… 처음 질문과도 이어지는데, 카쿠시다테 씨는, 지금까지 수차례, 원죄 피해를 입으신 거죠?"

하면서 카코이 씨는 자세를 가다듬었다.

마치 본성本城에 쳐들어가듯.

"그런데 제가 취재한 바로는 한 번도 상대를 고소한 적이 없으시다고 하던데요. 터무니없는 혐의를 씌운 데 대한 속죄를 전혀 요구하지 않았죠. 그것은 대체 어째서인가요?"

아, 그런 의미인가.

하지만 그것은 그것대로 답변하기 어려운 질문이다. 어째서냐고 해도.

그런 나에게 카코이 씨는 몰아치듯 말했다.

"명예 훼손으로 고소하든 배상 청구를 하든… 당연한 권리라고 생각하고, 다음 피해를 막기 위해서라도, 카쿠시다테 씨에게 터무니없는 혐의를 씌운 사람들에게 법의 심판을 받게 하는 것은 완수해야 할 의무 같기도 한데요."

뒷걸음이 쳐질 듯 강한 주장이다.

의무라고까지 하니 내 태만을 비난하는 듯하다.

"그럼에도 불구하고 그러시지 않았을 뿐만 아니라, 여기까지 들었는데도 카쿠시다테 씨에게서는 억울한 죄를 뒤집어써서 피해를 입은 데 대한 분노 같은 감정이 전해져 오지 않아요. 세상의 불합리를 한탄하듯 말하면서도, 가해자에 대한 구체적인 원통함 같은 감정은 전혀 전해져 오지 않아요. 원통은커녕 이해마저 표하는 것 같아요. 물론 프라이버시를 배려한다는 측면은 있겠지만…."

"음……."

뭐라고 대답하지.

제삼자에게는 나의 그러한 행동이 한심하게 보일지도 모르고, 반대로 성인군자 행세를 하는 것처럼 느껴질지도 모른다. 혹은 '거기서 화를 내지 않는 걸 보면 사실은 범인이 아닐까' 하는 식으로, 또 다른 억측을 낳을지도 모른다.

"뭐, 잘릴 때 위자료나 입막음 조로 퇴직금을 받는 경우도 꽤 있으니까, 재판을 시작할 필요도 없다고 할까요…."

"그래 봤자 정산하면 제로 정도 아닌가요?"

그 말이 맞다.

아니, 그래서 간신히 마이너스인 것이다. 서서히 마이너스인 것이다. 그 때문에 이렇게 취재에 응하여 입에 풀칠을 하는 셈인데.

"…굳이 재판을 걸기가 귀찮다는 것이 첫 번째 이유려나요. 결국 그렇게 하면 분쟁이 계속되는 거나 마찬가지고. 한두 번이면 모를까, 저만큼 거듭 누명을 뒤집어쓰면 현실적으로 그 모든 일에 재판을 걸기란 불가능합니다. 그런 것보다는 다음 일자리를 찾는 것이 제게는 중요하죠."

심사숙고 끝에, 결국에는 내가 생각할 수 있는 것 가운데 가장 시시한 답변을 하게 되었다. 카코이 씨가 실망하지 않을까 싶었지만, 적어도 표정에서는 낙담이 드러나지 않았다.

진지한 얼굴로 내 이야기를 듣고 있다.

"혐의가 풀리고도 계속 옥신각신하는 것은 뭐랄까요, 자칫하면 한창 의심받고 있을 때보다 피곤할 수도 있으니까요…. 물론 심기일전하여 금세 잊을 수 있을 만큼 편리한 기억력은 아니지만."

나는 망각 탐정을 생각하며 그렇게 말했다. 카코이 씨는 그 발언을 노트북에 기록한 뒤,

"두 번째 이유는?"

하고 물었다.

두 번째 이유.

아니, 솔직히 '첫 번째 이유'라고 한 시점에서는 아직 '두 번째 이유'를 분명히 말로 표현할 수 없었다. 왠지 모르게, '번거로우니까'라는 참 그럴싸한 이유를 대면서 스스로도 '그것뿐만은 아

니지'라고 생각했기에, 그만 그런 식으로 말머리를 달아 버린 것이다.

그럼 두 번째 이유는 뭐지?

더 이상 생각할 겨를은 없다.

떠오른 것을 그대로 말할 수밖에 없다.

"비난할 마음이 들지 않아서… 이려나요."

"앗… 그것은 카쿠시다테 씨를 의심한 사람들을, 말인가요? 그건… 사람이 너무 좋은 거 아닌가요?"

라고 의아한 듯 말하는 카코이 씨.

"이해를 표하는 정도라면 모를까… 감싸는 말을 하다니. 바로 그런 소리를 해서 원죄의 타깃이 되는 게 아닐까요?"

그런 측면도 틀림없이 있으리라.

무슨 일을 당해도 화내지 않는 사람이란 이래저래 타깃이 되기 쉽고, 울며 겨자 먹는 길을 택하는 사람은 더 눈물겨운 처지에 빠지기 쉽다. 악순환은 그런 식으로 생겨난다. 내가 몇 번이나 원죄 피해를 입는 이유 중 하나임에 틀림없다. 하지만 그것을 단순하게 '사람이 좋아서'라고 말하니 반론하고 싶어졌다.

하물며 '좋은 사람이라서'도 아니다.

쿄코 씨만큼은 아니어도, 입막음비와 위자료를 사양도 않고 야무지게 받아먹는다는 점에서는 나도 그런대로 타산적인 인간이다.

성인군자와는 거리가 멀다. 위선자조차 못 된다.

"그렇다면 어째서 비난하는 마음이 들지 않을까요. 카쿠시다테 씨를 범인 취급한 사람들을."

"다시 말씀드리지만, 입장이 반대라면 저도 같은 일을 했을지도 모르기 때문입니다. 아니, 자각하지 못했을 뿐 아마도 같은 일을 했겠죠. 범죄 사안이냐 아니냐를 막론하고, 꼭 보도 때문만이 아니라 일상적으로, 모르는 사람에 대해 어떨 거라고 단정 짓거나 사정도 모르면서 오해하거나 귀찮은 나머지 믿어 버리거나 하겠죠. 그렇다면 뭐, 어쩔 수 없는 일이지 않을까 싶어서…."

당연히 이런 것은 내 개인적인 생각이다.

누구에게 권유할 수 있는 것이 아닐뿐더러, 카코이 씨에게는 미안하지만 이런 발언이 기사화되면 곤란하다. '그렇구나, 누명을 쓰더라도 울며 겨자 먹기로 받아들여야 하는구나!'라는 사상이 세상에 퍼지는 건 내 의사에 반하는 일이다. 전혀 사회 공헌이 못 된다.

참는 모습이 아름답다고는 생각하지 않는다.

사실 나는 제대로 화를 내야 한다. 분명 내 의무이다.

원죄 히어로는 본보기가 되어야 하는 것이다.

알고 있다.

알고 있으며, 실제로 사건의 와중에 있을 때에는 원통함 같은 마음이 전혀 솟구치지 않는 것도 아니다. 아마 탐정에게 의지한다는 방법을 몰랐더라면 나도 '올바르게' 행동하지 않았을까.

"무엇이 올바른지는 결국 개개인이 결정할 문제겠지만. 그때 그때의 상황도 있을 테고요."

따라서 내게, 오늘의 나이기에 할 수 있는 말이 있다면… 그렇게 생각하며 나는 아직 한 번도 입을 대지 않은 홍차 잔을 손에 들어 목을 축였다.

만에 하나라도 꼬이거나 막혀서는 안 되므로 만전을 기한 것이다.

그렇다, 이 부분이야말로 기사화되었으면 좋겠다.

그것은 나 혼자 실천해 봤자 거의 의미가 없는 '권유'니까.

"원죄를 피하는 건, 어려워요. 그렇다기보다 거의 불가능합니다. 아무리 조심하더라도 어느 날 돌연 터무니없는 혐의가 씌워질 수 있어요. 그렇지만 터무니없는 혐의를 씌우지 않는 일이라면, 조심만 한다면 불가능할 건 없다고 생각합니다."

"혐의를… 씌우지 않는다."

"누명을 씌우는 상대가 사라지면 누명을 쓰는 상대 또한 사라지게 되니까요. 따라서 자신이 얼마나 의심하기 쉬운 생물인지를 자각하고 근거도 없이 남을 비난하지 않도록 유의한다. 모두가 그렇게 할 수 있으면 원죄는 사라집니다."

4

구성을 생각지 않고 내친김에 결론을 내 버린 감도 있지만 서두에서 총론을 마치고, 이후부터는 각론에 들어갔다.

당연히 익명이 조건인 취재라 '지금까지 이러이러한 원죄 피해를 입어 왔다'와 같은 구체적인 에피소드를 이야기할 수는 없으므로(입막음비도 받았고 하니), 어디까지나 가능한 범위 안에서 말했지만.

초반에 어려운 부분을 끝내 버렸기 때문인지 이후로는 취재가 착착 진행되었다. 물론 남의 말을 잘 들어 주는 카코이 씨가 내게서 능숙하게 발언을 이끌어 낸 형태지만.

생각하면 너무 빨랐던 결론도 카코이 씨가 이끌어 낸 것이나 마찬가지다. 돌이켜 보니 지나치게 달콤한 이상론이라 얼굴에 진땀이 다 난다. 그 정도로 카코이 씨가 우수한 인터뷰 진행자라는 의미다. 그 솜씨는 어딘지 관계자에게서 사정을 캐내는 명탐정과도 비슷했다.

그건 그렇고 인터뷰가 종반에 접어들 무렵, 카코이 씨가 명탐정의 강연회에 왔었던 인물일지도 모른다는 사실을 나는 거의 잊을 뻔했다.

인터뷰 종료 후 넌지시 확인할까 했지만 그럴 분위기도 아니었다. 실컷 원죄 이야기를 한 다음에 증거도 없이 혐의를 씌우

면 앞뒤가 맞지 않는다. 그런 식으로 생각했으나,

"그럼… 시간도 시간이니 슬슬 마지막 질문을 할까 해요."

라며 카코이 씨가 던진 마지막 질문에 의해, 나는 좋든 싫든 그녀가 그 자리에 있었던 가장 멋진 헤어스타일의 질문자임에 틀림없다고 확신하게 되었다.

"카쿠시다테 씨에게는 현재, 사귀는 여성이 있나요?"

마지막 질문은.

일전에 그녀가 쿄코 씨에게 던진 질문과 엇비슷하게 연애에 얽힌, 도저히 프로라고는 생각할 수 없는, 그녀답지 않게 '좋지 못한 질문'이었기 때문이다.

제2화

카쿠시다테 야쿠스케, 미움을 받다

1

"처음 뵙겠습니다. 탐정 오키테가미 쿄코입니다."

잡지 기자 카코이 토시코 씨에게 인터뷰를 받은 다다음 날, 나는 오랜만에 오키테가미 빌딩을 방문했다.

청중이나 호사가로서가 아니라 의뢰인으로서다. 여느 때의 나다.

사실은 가만히 있을 수 없어서 다음 날 아침 이미 한 번 전화를 걸었지만, 공교롭게도 그날은 오키테가미 탐정 사무소가 벌써 일을 접수한 다음이었다. 예약 불가, 완전 당일 접수제인 망각 탐정이므로 그것만큼은 어쩔 수 없었다.

단골인 나로서는 익숙하다.

하긴, 단골이든 처음 온 손님이든 쿄코 씨의 인사는 항상 '처음 뵙겠습니다'이니, 내가 받은 명함도 이로써 몇 장째인지 알 수 없다… 거짓말이다. 엄밀하게 말하면 몇 장째인지 정확하게 알 수 있다.

쿄코 씨에게서 받은 명함은 전부 날짜를 기록한 뒤 파일에 모아 두었기 때문이다. 그러므로 세려고 마음먹으면 셀 수 있다.

그렇지만 받은 명함을 세기 시작하면 정말 위험한 팬 같으므로 자중하는 것이다. 넘어선 안 되는 하나의 선이다. 파일로 만든 시점에서 이미 위험하다는 의견은 이 경우, 완전 무시하기로 한다. 뭐, 언젠가 내가 이야기꾼으로서 쿄코 씨의 활약을 책으로 엮을 때 그런 파일이 필요해질지도 모르지 않는가.

단, 파일을 확인할 것도 없이, 내가 저번에 언제 쿄코 씨에게 의뢰를 했는지는 똑똑히 기억한다. 강연회를, 부르지도 않았는데 멋대로 들으러 갔을 때를 제외하면, 내가 마지막으로 쿄코 씨를 만난 것은 약 두 달 반 전의 일이다.

그때의 일, 이름하여 '비행선 사건'에 대한 자초지종은 다음 기회로 미루기로 하고(물론 쿄코 씨는 이미 잊었다)… 아무래도 그 후 오키테가미 빌딩은 개축된 모양이다.

디자인이 여기저기 바뀌었다. 일부는 아직 파란 방수포에 덮여 있었다.

이 3층짜리 철근 콘크리트 빌딩이 구체적으로 어떤 식으로 개축되었는지는 이전 상태의 사진을 갖고 있는 것도 아닌 나로서는 뭐라고 말할 수 없지만, 추측하자면, 경비 시스템을 증강한 것일까?

망각 탐정의 기억은 날마다 리셋되어도 경비 시스템 쪽은 꾸준히 일취월장하니, 이런 갱신은 지금까지 내가 몰랐을 뿐 의외로 빼놓을 수 없는 것인지도 모른다.

그 또한 일과일까.

강연회 때도 생각했는데, 나는 쿄코 씨를 아는 것 같으면서도 실은 전혀 모르는 모양이다.

뭐, 그 강연회 내용은 날이 갈수록, 떠올릴 때마다, 과연 어디까지가 사실이었는지 심히 의심스럽지만. 립 서비스도 과했고, 의외로 그 사람은 무심한 얼굴을 하고 심드렁한 태도로 태연하게 거짓말을 한다.

그렇게 하지 않으면 탐정 노릇을 할 수 없나.

그러고 보니 바로 그 강연회 때 말했던 '경비원'은 이 빌딩에 상주하나 싶어서 나는 안에 들어갈 적에 주의를 기울였지만, 전혀 보이지 않았다.

으~음.

어쩌면 닌자처럼 어딘가에 숨어 있을지도 모른다. 강연회장에 숨어 있었듯이. 아니, 강연회장에 숨어 있지 않았을까 하는 것도 내 일방적인 상상이었지만.

수상한 사람 혹은 위험한 팬으로서 붙잡히지 않을까 전전긍긍하면서, 어쨌거나 나는 카메라가 달린 인터폰을 눌렀다. 시간을 잔뜩 들여 국제공항 수준의 보안을 뚫고 2층 응접실에 도착했다.

이 신체검사에 신물이 나서 의뢰를 철회하는 클라이언트도 적잖이 있다고 한다. 뭐, 그런 경우에는 밖에서 만나도록 조처하면 그만이지만, 외부로부터 완전히 격리된 장소가 아니면 말할 수 없는 내용의 의뢰도 있다.

이번에 내가 이 응접실에 하러 온 이유도 그러한 의뢰 때문이었다.

극비에 극비를 기하고자 한다.

"카쿠시다테 야쿠스케 씨. 멋진 이름이네요."

오늘은 이름을 칭찬받았다.

기쁘지 않은 건 아니지만, 사실은 필요 이상으로 머리 모양을 다듬고 온 터라 보통 허망한 게 아니었다.

그런 쿄코 씨의 오늘 패션은 레이스 무늬 양말에 바이올렛 플리츠스커트, 퍼프소매 블라우스에 얇은 깅엄체크 조끼였다.

학습의 성과일까, 검색의 성과일까, 역시 지금껏 본 적이 없는 코디네이션이다. 완벽한 백발과 안경만큼은 여느 때와 똑같지만. 아니, 무지한 데다 주의력이 부족한 내가 알아차리지 못했을 뿐, 실은 안경에도 여러 가지 종류가 있다거나 할까?

"감사합니다…. 이번 일은, 잘 부탁드립니다."

시선을 빼앗겼음을 들키지 않으려다가 오히려 우물거리면서도, 나는 권하는 대로 소파에 앉았다. 테이블 위에는 이미 커피 잔이 준비되어 있었다.

블랙이다. 흑발처럼.

"그런데, 이 망각 탐정에게 무슨 용건이신가요?"

느닷없이 쿄코 씨가 본론에 들어갔다.

그저께 취재를 받았을 때는 카코이 씨의 계획적인 면이 쿄코 씨와 일맥상통한다고 생각했었는데, 역시 스피디함에 있어서는 가장 빠른 탐정이 한두 발은 더 앞선 듯했다. 아니, 그보다 일반적인 사회 생활에서 이런 속도로 이야기를 진행하면 상담商談은 결코 타결되지 않으리라.

물론 나는 쿄코 씨를 상대로 상담商談을 하러 온 것이 아니므로 그것으로도 좋다. 나는 상담相談을 하러 온 것이다.

사건 의뢰이다.

명탐정과 의뢰인. 나와 쿄코 씨의 표준적인 관계이다.

하긴, 그래도 오늘의 나는, 여느 때의 나라고는 해도 다소 이례적인 타입의 의뢰인으로서 오키테가미 탐정 사무소를 방문했다. 즉, 여느 때처럼 억울한 누명을 뒤집어써서, 여느 때처럼 그 혐의를 풀어 주길 바라서 휴대전화의 주소록을 연 것이 아니었다. 만약 그랬더라면, 오늘은 바빠 보이니 내일 부탁하자는 둥 유유자적 한가한 소리는 할 수 없었다. 그 경우에는 한시라도 빨리 다른 탐정을 알아보지 않으면 안 된다.

덧붙이자면, 오늘의 나는 쿄코 씨에게 그만큼의 초고속을 원하는 것이 아니다. 특수한 탐정인 쿄코 씨에게 의뢰할 만한 안건인지 아닌지는 의심스럽기까지 하다.

하지만 뭐, 현재 내가 떠안고 있는 특수한 사정을 감안하면, 그래도 망각 탐정에게 의뢰하는 것이 적절할 듯하다.

그래도 나는,

"저기, 좀 별난 의뢰인데… 괜찮을까요?"

라고, 스스로도 알 수 있을 만큼 소심하게 말을 건넬 수밖에 없었다.

"상관없어요. 별난 의뢰는 아주 좋아해요."

쿄코 씨는 상냥하게 대응했다.

가까이서 봐서 그런지 강연회에서 이야기할 때보다 한층 더 상냥하게 느껴진다. 그만큼 더 사무적이라고도 할 수 있는 미소지만.

"제가 힘이 될 수 있는 일이라면 어떤 의뢰든 사양 말고 이야기해 주셨으면 해요. 제 보잘것없는 추리력을 세상을 위해, 남을 위해 쓸 수 있다면 그보다 더 기쁜 일은 없으니까요. 곤란에 처한 분을 돕는 것이 최상의 기쁨이며, 제 삶의 보람이랍니다."

오늘 아침 전화한 시점에서 의뢰비 이야기가 끝났기 때문인지 쿄코 씨는 터무니없을 만큼 박애적인 소리를 했다.

강연회 때 이야기했던 '사회 공헌'과 달리 이것은 단순하게 사훈이라고 할까, 일종의 영업 활동 같은 것이겠지만.

립 서비스가 아닌 세일즈 토크이다.

뭐, 겉치레든 뭐든 그렇게까지 말해 준다면 다행이다. 생활고에 시달리던 끝에 섣불리 취재에 응했다가 예기치 않게 떠안고 만 '별난 의뢰'를 주저 없이 할 수 있다.

"음, 그러니까, 간단히 말하자면."

마음을 굳게 먹고 나는 운을 떼었다.

될 수 있으면 간소하게 설명하자.

"어떤 여성의 신변 조사를 부탁하고 싶습니다. 저와 동세대 여성인데요, 그녀가 거쳐 온 남성 편력을 자세히 조사해 주셨으면 합니다."

"……."

쿄코 씨는 미소를 띤 채 말이 없었다.

수긍도 하지 않는다.

시간이 멈추기라도 한 듯 무반응이다.

어라, 의미가 제대로 전해지지 않았나?

최대한 정확을 기한다고 했는데, 혹시 말을 잘못 했나 싶어 이상하게 생각하는데, 쿄코 씨는 "잠깐 실례." 하더니 소파에서 일어났다. 그리고 망설임 없는 발걸음으로 방 가장자리까지 걸어가더니 벽에 수직 방향으로 설치된 유선 전화의 수화기를 손에 들었다.

"네… 마모루守 씨… 쿄코예요… 어쩌면… 높은 확률로 가동해야 하는 전개가 될지도… 역시… 그러니까. …언제든지 움직일 수 있도록… 대기해 주실 수 있을까요…."

어디에 무슨 전화를 하는 거지.

작은 목소리라 잘 들리지는 않지만 참 생생하게, 불온한 공기만은 전해져 온다.

나는 별안간 불안해졌는데, 쿄코 씨가 수화기를 원위치에 두

고,

"오래 기다리셨죠, 카쿠시다테 씨."

하며 내 앞으로 돌아왔다. 일단은.

"어린이집에 맡긴 외동딸이 열이 나는 모양이라, 자주자주 연락하지 않으면 안 되거든요."

엄청난 거짓말이었다.

한 아이의 엄마임을 주장하여 나와의 사이에 어떤 벽을 만들려는 것일까.

"자세히 들려주실 수 있을까요. 여성의 신변 조사였나요? 젊은 여성의 신변 조사를, 젊은 여성인 제게 의뢰한다는 인식이, 틀리지 않은 거죠?"

필요 이상으로 생글거리지만 눈이 웃지 않는 느낌이기도 하다. 어라, 설마, 지독한 오해를 산 것이 아닐까?

아니, 뭐, 아주 오해도 아닌가.

의뢰 내용을 글로 표현하자면 바로 그런 게 된다. 신변 조사. 내 입장에서 보면 이례적이기는 하나, 어떤 의미에서는 탐정에게 하는 의뢰로서 지극히 정당하다고도 할 수 있다.

명탐정에게 하는 의뢰로서는 어떨까 싶지만. 특히 망각 탐정에게 하는 의뢰로서는 어떨까 싶지만, 이것은 역시 쿄코 씨에게 의지해야 할 안건이다. 쿄코 씨에게 의지할 수밖에 없다.

카코이 씨가 쿄코 씨의 강연회에 왔던 것을 포함하여 생각하면….

"틀림없습니다. 젊은 여성의 신변 조사를, 젊은 여성인 쿄코 씨에게 의뢰하는 겁니다."

"그런가요… 참 당당하시네요…."

"그게, 왜냐하면."

나는 조금 질린 기색의 쿄코 씨를 똑바로 쳐다보았다. 그저께 카코이 씨가 털어놓았던 이야기를 떠올리면서.

"그녀가 지금까지 사귀어 온 여섯 남성이 모두, 한 명도 남김 없이 **파멸**했기 때문입니다."

2

"카쿠시다테 씨에게는 현재, 사귀는 여성이 있나요?"

그저께, 원죄 특집 취재의 마지막 질문으로 카코이 씨가 던진 물음에 나는 할 말을 잃었다.

그동안의 진지한 대화로부터 돌변하여 갑자기 신변잡기 같은 질문이 날아들어, 뭐라고 대답하면 좋을지를 도통 알 수 없었다.

말문을 닫는 것 외에 아무것도 할 수 없었다.

진짜 마지막 문제를 출제하기 위한 포석으로서 장난삼아 물은 것이라면, 솔직히 대답했다간 나만 바보가 될 것이다.

아니면 내가 저속하게 받아들였을 뿐, 이것은 매우 심각한 의미가 담긴 질문일지도 모른다. 그렇다, 내가 수많은 원죄 피해를 입고도 여전히 '사람 좋은' 공염불을 욀 수 있는 이유는 독신이기 때문이지 않느냐고, 카코이 씨는 날카롭게 지적한 것이 아닐까.

원죄 문제의 뿌리 깊음은 거기서도 엿보인다.

당사자만의 문제로 끝나지 않고, 가족이나 사랑하는 사람도 휘말리게 된다.

슬픔을 맛보아야 하고, 이해받기 힘든 고된 싸움도 함께해야 한다. 자칫하면 그 사람들에게서도 신뢰받지 못할 뿐만 아니라, 그 사람들로부터 호되게 비난받을 수도 있으리라.

그런 비참한 상황을 경험한 후에, 혹은 각오한 후에 '혐의를 피할 수는 없더라도 혐의를 씌우지 않을 수는 있다'라고 말했는지를 내게 물은 것이라면 이는 무거운, 생각해야 할 물음이다. 저속하다니, 당치도 않다.

그렇다, 분명 그럴 것임에 틀림없다.

가장 큰 핵심이다.

"글쎄요, 현재로서 장래를 약속한 사람은 없습니다. 지금까지 여성을 사귄 적이 없는 건 아니지만, 역시 그때마다 어디선가 잘되지 않더라고요. 민폐를 끼치고 싶지 않아서 제가 먼저 이별 이야기를 꺼낼 때도 있고…."

그리 적나라하게 이야기할 만한 일도 아니지만, 그래도 테마를 생각하면 대답하지 않을 수도 없는 질문이었기에 나는 그런 식으로 말했다.

"…그래서, 지금은 아직 가정을 갖는다는 것을 생각하기 힘듭니다. 적어도 생활이 좀 더 안정된 다음이 아니고서야."

"……."

내 대답에 카코이 씨는 생각에 잠긴 듯한 모습을 보였다. 이 또한 공염불처럼 들렸을까. 솔직히 나는 아직 25세이므로 가정이라든지 결혼이라든지, 그런 데까지 머리가 돌아가지 않는다는 것도 있는데.

"그렇군요. 알았어요. 카쿠시다테 씨, 오늘은 감사했습니다. 반드시, 좋은 기사를 쓸게요."

다소 사무적으로 그렇게 말하고, 카코이 씨는 보이스 레코더 두 대의 녹음을 스톱했다. 취재 종료이다.

그저 질문에 답했을 뿐이라지만, 어쨌거나 저쨌거나 겨우 역할을 완수하고 한 건 끝낸 기분이 된 나였는데, 녹음을 멈추고 노트북도 접었음에도 불구하고 카코이 씨와의 대화는 거기서 끝나지 않았다.

취재는 끝났지만, 오히려 이야기는 그때부터였다.

이야기… 아니, 상담이라고 해야 할까.

"카쿠시다테 씨. 지금부터 시간 괜찮으세요? 괜찮으시다면 오늘의 답례로 저녁 식사를 대접하고 싶은데요….”

3

“과연, 그렇군요. 그래서 제안하는 대로, 권유하는 대로 어슬
렁어슬렁 따라가서 동세대 여성에게 식사비를 내게 했다… 매우
재미있는 이야기네요, 부디 그대로 계속해 주세요.”

다음 이야기를 재촉하는 쿄코 씨였는데, 오해가 전혀 풀리지
않은 느낌이다. 오히려 이야기를 하면 할수록 진창에 푹푹 빠져
드는 것 같은데.

한 번 의심받으면 끝장이라는 원죄의 괴로운 본질을 설마 쿄
코 씨를 상대로 체감하게 될 줄이야. 하지만 이 경우에는 꼭 억
울한 죄를 뒤집어썼다고 하기도 힘든가.

나를 어떻게 생각하든 일단 수락한 일이다. 쿄코 씨는 프로
탐정으로서 “돈을 위해, 돈을 위해, 좋아해 마지않는 돈을 위
해.”라고 주문처럼 작게 중얼거린 다음(자고 난 다음도 아닌데
앞서 ‘곤란에 처한 사람을 돕는 것이 삶의 보람’이라고 했던 것
은 잊어버린 모양이다).

“즉, 카쿠시다테 씨는 식사 자리에서 ‘사귀는 남성이 모조리
파멸한다’라는 상담을 그 저널리스트, 카코이 토시코 씨로부터
받은 셈이네요.”

라고 말했다.

"네, 그런 셈이죠… 덧붙이자면 쿄코 씨도, 강연회 자리에서 같은 상담을 받았습니다."

그래서 나는 의지해야 할 탐정으로 쿄코 씨를 선택한 것이다. 추리소설에 등장할 법한 명탐정에게는 신변 조사가 어울리지 않음을 알면서도(이른바 '현실의 탐정에게 들어오는 의뢰란 신변 조사나 사라진 애완동물 찾기 정도다'라는 것이다) 망각 탐정에게 이 의뢰를 하러 온 이유는, 같은 질문을 받은 사람끼리 위화감을 공유할 수 있지 않을까 하는 기대가 있었기 때문이다.

하지만 생각해 보니 이 기대가 헛되이 끝나지 않을 리도 없었다.

왜냐하면,

"강연회라고 하셔도 말이죠. 제가 그런 걸 하리라고는 도저히 생각할 수 없지만… 뭐, 거절할 수 없는 경위라도 있었으려나요."

라고 하는 판이기 때문이다.

"제대로 이야기하던가요, 저?"

"네. 다들 귀담아들었습니다. 저도요."

"카쿠시다테 씨와 카코이 토시코 씨는 그 강연회에서 만났다는 건가요? 기묘한 인연이네요. 제가 이어 준 것이라면 가슴이 아플 따름이지만."

왜 가슴이 아픈 걸까.

게다가 엄밀히 말하면 나와 카코이 씨는 '만난' 것이 아니다. 좌석 관계상(자유석이었지만) 나는 카코이 씨의 뒷모습을 보았을 뿐이고, 카코이 씨는 나를 보지도 못했다.

인상적인 흑발과 질문 내용으로 간신히 알아보았을 뿐이다. 사실을 말하자면 여전히 본인에게는 확인을 하지 않았다.

오히려 내 안에서 동일 인물로 딱 확정된 만큼 캐물을 수 없게 되었다. 말할 타이밍을 놓쳐 버린 것이다.

그러므로 당연히, 내가 이렇게 오키테가미 탐정 사무소를 찾은 사실을 카코이 씨는 모른다. 이곳에 온 것은 내 독단이다.

결코 카코이 씨의 의뢰를 중개하는 것이 아니다.

아니지만.

"흐음… 이것이 미스터리 소설이라면, 질문자와 카코이 씨는 사실 동일 인물이 아니었다는 결말이 기다리고 있을 듯하지만, 카쿠시다테 씨가 그렇게까지 말한다면 같은 분이라고 전제할 수 있을 것 같네요. 고운 흑발로 하여금 특정 지었다는 건 조금, 뭐랄까… 페티시지만."

그렇다고 한다면 그럴지도 모르지만, 쿄코 씨의 백발과 대조되어 기억한 측면도 있으므로 섣불리 반론할 수도 없다.

더 이상 불쾌하게 만들 수는 없다.

솔직히 말하자면 이미 사람을 잘못 고른 게 아닐까 후회되기 시작했을 정도이다.

"뭐, 그 강연회에 대해 말하자면, 제 '당일' 업무에 해당되니 자초지종을 듣는 것은 삼가도록 하죠. 망각 탐정의 룰이에요. 다만 한 가지, 카코이 씨가 정확히 제게 어떤 질문을 했는지만 가르쳐 주실 수 있을까요? 같은 연애 관련 질문이었다 해도, 제게 한 질문과 카쿠시다테 씨에게 한 질문이 토씨 하나 안 틀리고 완벽하게 같았던 건 아니겠죠?"

확실히 그 말이 맞다.

내가 카코이 씨에게서 받은 질문은 '사귀는 여성이 있나요?'였고, 쿄코 씨가 카코이 씨에게서 받은 질문은 '잊을 때마다 같은 사람을 좋아하게 되나요?'라는 것이었다.

그 부분만 보면 전혀 다르다고도 할 수 있다.

"그에 대해 쿄코 씨는 '남자란, 이놈이고 저놈이고 다 똑같아요'라고 말씀하셨죠."

"어머나. 저도 참, 그런 멋들어진 농담을?"

까르르 웃었다.

이제야 진심으로 웃었다는 느낌이다.

자기가 웃으면 어쩌자는 건지. 멋들어진 농담이라기보다 시건방진 농담이었고, 애초에 그것이 농담이었는지 아니었는지부터가 심히 의심스러운데.

상당히 진실성이 있었다.

"그런데 그 답변에 카코이 토시코 씨는 납득하시던가요?"

"글쎄요. 뒷모습이어서 그건 뭐라고 말씀드릴 수가….."

웃으면서 '감사합니다'라고는 했지만, 그때 카코이 씨는 대체 어떤 표정을 짓고 있었을까.

강연회의 괜찮은 마무리가 되었음에는 틀림없지만, 그것이 카코이 씨가 원하던 답이었는지 어떤지까지는 알 수 없다.

얼마 후 내게 '그런 이야기'를 꺼낸 이상, 납득하지 못한 것으로 봐야 할지도 모른다.

"흐음. 힘이 되지 못했다면 애석할 따름이네요."

"뭐, 강연회라는 공개 석상에서의 일이었으니 카코이 씨도 애매하게 말할 수밖에 없었는지도 모르죠…. '남자 문제로 실패를 반복하고 있다'라는 표현을 듣고, 그것이 '사귀어 온 남성이 모조리 파멸했다'라는 의미이리라고는 보통 생각하지 않으니까요."

더 일반적… 아니, 통속적인 '실패'를 상상할 것임에 틀림없다. 누구나가, 그 회장에 있었던 전원이 분명 그렇게 생각했을 것이다.

역사는 패턴화되어 있어서 인간은 같은 일만을 반복한다. 그것이 쿄코 씨가 한 그날 강연의 주축이었고, 카코이 씨는 '비슷한 사람만 좋아하게 되어 비슷한 실패만을 한다'라고 말했다. 그러나 그 '실패'란 결코 카코이 씨가 남성을 고르는 데 있어 '실패'했다는 의미가 아니었다.

"파멸이라는 표현이 자극적이네요."

쿄코 씨는 그렇게 감상을 말한 뒤,

"제게 그런 질문을 한 이유는 강연 테마와 딱 맞아떨어졌기 때문이라고 생각하면 된다 치고. 카코이 토시코 씨가 카쿠시다테 씨에게 그런 이야기를 꺼낸 이유는 무엇일까요?"

하며 고개를 갸웃했다.

그 이유는 본인에게서 똑똑히 들었다.

내 입으로는 말하기 힘들지만, 탐정 사무소의 응접실까지 와서 입을 다물 수는 없다.

쿄코 씨에게 의뢰하러 온 시점에서 일련의 수지는 마이너스 정도로 끝나지 않게 되었다(대차 탐정만큼은 아닐지라도 오키테가미 탐정 사무소의 기본요금도 그럭저럭 높으므로, 취재를 받아 발생한 사례금은 간단히 날아가고 만다). 가능한 한 정보를 소상하게 밝히지 않으면 안 된다. 가능한 한.

"뭐, 그건 뭐랄까요. 즉… **파멸적 상황**에서 수차례 헤어 나온 제가 **상담 상대**로 적합하다고 생각한 모양입니다."

"취재를 통해서."

"네, 취재를 통해서…이죠. 그런 이야기를 할 생각이 처음에는 없었다고 하니까…."

아무래도 마음속의 일이니만큼 그것이 사실인지 아닌지는 확인할 방법이 없지만.

총론을 마친 후의 각론, '지금까지 어떤 억울한 누명을 뒤집어써 왔는가'를(프라이버시를 배려해 가며) 이야기한 것이 카코이 씨의 마음을 뒤흔들었던 모양이다. 자신의 반평생을 겹쳐 보지 않을 수 없었다고 한다.

아니, 정확히 말하자면 겹쳐 본 것은 자신의 반평생이 아니라 그 옛날 정다웠던 남성들의 파멸이지만.

"흠흠. 파멸을 반복하는 카쿠시다테 씨에게 카코이 토시코 씨가, 어떤 의미에서는 감정을 이입한 셈이로군요."

"아니요. 저기, 전 파멸하지는 않았는데요? 보다시피."

"어머, 죄송해요. 본 그대로를 말해 버려서."

어쩐지 쿄코 씨가 까칠하다. 상냥하게 까칠하다.

범인을 상대로도 그리 새침하게 굴지 않는 망각 탐정인데. 안타깝게도 내 전화번호부에 이런 오해를 푸는 데 전문인 탐정은 없다. 개척해 둬야 했나.

"어쨌거나 카코이 씨는 고민 중이었어요. 자기가 좋아하게 되는 남성 모두에게 비극이 닥쳐서. 그저 슬퍼한다기보다, 그것이 자기 탓이지 않을까 괴로워하는 구석도 있었죠."

"자기 탓."

"'나는 저주받은 게 아닐까'라든지 '나는 역병신疫病神이 아닐까'라는 식으로. 뭐, 이야기를 들어 보니 그렇게 확신하더라도 무리가 없는 느낌이었어요. 확신한다고 할까, 맹신한다고 할까…"

한두 번이 아니다.

두 번 있는 일은 세 번 있다⋯ 그조차 아니다.

여섯 번이다.

그쯤 되면 현상에서 어떤 필연성을 찾고 마는 것도 무리는 아니다. 억울한 누명을 몇 번이고 뒤집어쓴 내게 '본인에게도 원인이 있지 않을까' 하는 시선이 쏠리는 것과 마찬가지로.

"⋯하지만 카쿠시다테 씨가 어떤지는 차치하고, 상식적으로 생각해서 카코이 토시코 씨가 역병신일 리는 없지 않나요?"

어째서 내가 어떤지는 차지하고인지는 차치하고, 그 말이 맞다. 계속되는 현상은 듣는 것만으로도 확실히 기묘하지만, 그 원인을 카코이 씨에게서 찾는다는 것은 아무래도 무리가 있다.

여하튼 그 '파멸'들은 자기 몸에 일어난 일이 아니니까. 반대로 그렇게까지 책임을 떠안는 것은 상대 남성에게도 실례라고 해야 하지 않을까.

"그러니 쿄코 씨가 알아봐 주었으면 해요. 카코이 씨가 지금껏 사귀어 온 여섯 남성의 '파멸'이 결코 그녀 탓이 아님을 증명해 주었으면 해요."

"흐음. 과연, 그런 의미에서의 '신변 조사'인가요."

탐정으로서는 일의 경중을 가릴 생각이 없겠지만, 역시 명탐정으로서는 보통의 신변 조사보다 모티베이션이 올라갔는지 쿄코 씨는 상체를 살짝 앞으로 기울였다.

"보통은 범인을 특정 짓는 일이 탐정의 역할이지만, 이번에는

'용의자'의 **범행이 아님**을 추리해 달라는 거네요. 특정이 아닌 부정인가요. 과연, 의뢰로서는 별종이군요."

게다가 한꺼번에 여섯 건이면 진수성찬이에요, 라며 쿄코 씨는 시계를 보았다. 현재 시각은 오전 10시 30분.

일반 사회에서는 이제 막 하루가 시작된 참이라고 할 수 있을 시간대지만, 그게 망각 탐정에게는 그렇지가 않다. 오늘밖에 없는 쿄코 씨에게는 시간적 여유라는 개념이 없다.

고작 하루라는 타임 리밋 안에 여섯 건이나 되는 사건을 '해결'하지 않으면 안 된다니, 생각해 보면 상당한 무리수이다. 그런 의미에서도 나는 사람을 잘못 골랐는지 모른다.

아니, 그래도, 가장 빠른 탐정이다.

쿄코 씨를 의지한 나는 틀리지 않았음을 깨닫게 해 주리라고 믿는다.

"그럼 카쿠시다테 씨. 카코이 토시코 씨가 지금껏 어떤 남성과 어떤 식의 교제를 해 왔는지, 그리고 각각 어떤 식의 결말을 맞았는지 구체적으로 가르쳐 주세요. 말할 것도 없이, 프라이버시에 관해서라면 걱정 마시고. 어떤 이야기를 듣든 저는 내일이면 그것들을 말끔하게 잊어버리니까요. 의뢰인인 카쿠시다테 씨까지 통째로 잊어버리니까요."

"제가 지금까지 사귄 남성은 여섯 명이에요."

카코이 씨는 쭈뼛쭈뼛 그렇게 이야기를 시작했다.

그녀가 데려온 나로서는 이름조차 몰랐던 화려한 레스토랑의 개별 룸이다. 이렇게 말하면 좀 그렇지만, 신흥 사회파 잡지의 경비로는 도저히 처리될 것 같지 않은 고급 식당이다.

그러고 보니 콘도 씨가 취재를 중개할 때 카코이 씨에 대해 좋은 집안 아가씨라고 했던 것 같은데. 신용금고에서 잘려 길거리를 헤매던 중이었기에, 미안하지만 제대로 듣지 않았다.

뭐, 길거리는 지금도 절찬리에 헤매는 중이지만… 일자리를 잃은 인간에게도 이런 고급 식당에서 식사하는 일이 생기니, 인생이란 이상하다.

행복과 불행의 계산이 전혀 맞아떨어지지 않는다는 느낌도 드는데.

"확인해 두겠는데요, 카코이 씨. 사귀었던 남성이 여섯 명인데 그 여섯 명 모두가, 그러니까… '파멸'했다는 말씀인가요? 사귀어 온 남성 가운데 여섯 명이 '파멸'한 게 아니라?"

"네. 그렇게 이해하시는 것이 맞아요."

진지한 얼굴로 수긍하는 카코이 씨.

왠지, 사실상 초면인 여성이 내게 남성 편력을 털어놓는다는 것은 어딘지 부도덕한 느낌이다. 지금까지 어떤 남성과 사귀어 왔는지를 듣다니, 거의 가십의 영역이다.

그러나 이것은 진지한 이야기다.

취재는 끝났지만, 어떤 의미에서 보면 테마는 이어진다고도 할 수 있다.

"다만, 지금 생각해 보면 여섯 명 중에는 정식으로 사귀었다고 할 수 없는 사람도 있어요. 어린애 같은 마음이었다고 할까, 일방적인 마음이었다고 할까. 그 부분도 지금부터 천천히 이야기하겠지만."

내가 그런 사적인 이야기를 들어도 될까 싶기도 했지만(그것도 '천천히'), 이쯤 되면 이미 올라탄 배다. 속담에서 말하듯 이왕 먹은 독이니 접시까지 핥자고 하기엔 눈앞에 차려진 것은 미식뿐이었지만.

"그런데 대체 무엇부터 이야기하면 좋을지… 제 반평생을 돌아보는 거나 마찬가지라서 역시 시간순으로 이야기하는 것이 좋을까요. 첫 사건은 제가 유치원생일 무렵에 일어났어요."

"유치원생?"

흠, 엄청나게 거슬러 올라가는군.

아니, 반평생을 돌아보는 거라면 그 말만큼 부자연스럽지도 않다. 누구에게나 어린아이였던 시절은 있다. 그것을 계산에 넣을지 말지는 사람에 따라 다르겠지만, 첫사랑이 유치원생이었을 무렵이라는 케이스는 오히려 흔하다고 할 수 있으리라.

인텔리한 여성의 인텔리한 연애담을 들을 수 있지 않을까, 하는 사악한 흑심이 있었던 것은 딱히 아니지만, 시작이 유치원생의 첫사랑이다 보니 다소 맥이 빠지는 감은 있었다.

한 방 먹었다고 할까.

하지만 그것은 나의, 완전히 나다운 지레짐작이었다.

"그 '오빠'는 교통사고를 당했어요. 후유증이 남을 만큼 크게 다쳐 입원했는데, 그 후 이사를 가 버려서 연락이 끊겼죠."

어리숙한 첫사랑의 종말은 너무나 가혹하고 암담했다.

유치원생에게 바람직한 에피소드가 아니다.

"물론 당시에 어렸던 제가 그런 사정을 전부 이해했던 것은 아니지만… 저희 부모님도, 사이좋았던 '오빠'가 그렇게 되었다는 것을 딸에게 알리고 싶지 않았을 테고요."

"네…."

네, 라고밖에 할 수 없었다.

올바른 리액션을 모르겠다.

그 일이 카코이 씨에게 깊은 마음의 상처가 된 것은 틀림없으니 섣불리 위로의 말을 해서는 안 된다고 생각한다.

반응에 고심하는데, 카코이 씨가 말을 이었다.

"두 번째 사람은 초등학교 동급생이었어요. 그것도 물론, 사귀었다고 하기에는 소꿉놀이 같은 것으로… 초등학생끼리의 시시한 장난이었지만, 그런데, 그는 어느 날 학교 건물에서 뛰어내려….”

순간 말문이 막히더니,

“뛰어내려 죽었어요.”

라고 말했다.

죽었다고?

“그, 그건… 사고로 뛰어내렸다는 뜻인가요?”

“아뇨, 자살이었대요. 제법 큰 뉴스가 되었죠. 초등학생의 투신자살이니까요.”

언론에서 내버려 둘 리가 없죠, 라고 카코이 씨는 다소 자학적으로 말했다.

“유서는 남겨져 있지 않았지만, 이유는 교실 안에서의 괴롭힘이었다고 해요. 제가 모르는 곳에서 반 아이들로부터 몹쓸 짓을 당했다나….”

그래서 취재 도중 괴롭힘 문제를 언급했을 때 카코이 씨가 반응을 보였나. 아니, 그것도 무조건 단정 지을 순 없지만.

“세 번째 사람은 고등학생 때였어요. 상대는 장래가 촉망되던 축구부 선배였는데 시합 중, 주로 쓰는 발의 인대를 다쳐 어이없이 은퇴를….”

“…….”

“네 번째 사람은 대학생 때 동아리 친구였어요. 입학식에서 대표 인사를 할 만큼 우등생이었는데, 저와 사귀기 시작하더니 성적이 하락 일로를 걸어 유급을 반복한 끝에 대학을 그만두게 되었고, 그 후 소재 불명이⋯ 저도 이른 단계에 연락이 끊겨 버려 자연스럽게 이별 수순을 밟으며 교제는 끝났는데, 소문을 듣자니 이제 일본에 없다고⋯."

"⋯⋯."

"다섯 번째 사람은, 사회인 1년 차였으려나요. 저, 지금 잡지사에 취직하기 전에는 누구라도 이름을 알 만한 대형 출판사에 근무했었는데요. 콘도 씨를 알게 된 것은 그 무렵이에요. 저는 직장 상사와 연인 관계가 되었어요. 하지만 그분은 사귀기 시작하고 바로 좌천의 아픔을 겪어 한직으로 쫓겨 갔고, 최종적으로는 자진 퇴사하기에 이르렀죠."

"⋯⋯."

"여섯 번째 사람은 정말 최근의 일인데요⋯. 지금의 일을 시작하면서 만나게 된, 벤처 기업 창업자였어요⋯. 청년 사업가라고 하나요. 역사가 짧은 회사에 소속된 사람끼리 의기투합하여 결혼까지 생각했었는데, 관계를 이어 가던 도중 순식간에 실적이 나빠져서 믿기지 않을 만큼 간단하게 도산해 버렸죠. ⋯울며 하는 이별 이야기를 거절할 수는 없었어요."

"⋯⋯."

"이상⋯ 여섯 명이에요."

장렬하다고 할까.

하나하나의 사안이 이미 장렬하지만, 그것이 여섯 개나 이어지니 도리어 허무맹랑하게 들린다. 감정을 억누르고 조목조목 열거한들 그 충격이 완화되는 일은 조금도 없다.

받은 충격이 가시지 않는다.

오히려 서서히 침투한다.

뭐라고 말하면 좋을지 알 수 없는 정도가 아니다.

단순 비교는 어렵지만, 반복적으로 누명을 쓰는 내 원죄 체질보다 한층 저주처럼 느껴진다. 사망자와 행방불명자까지 나왔다고 하니 예삿일이 아니다.

남자 운이 없다는 흔한 말로 끝낼 수 있을 리 없었다.

쿄코 씨의 강연회에서는 느슨한 질문으로 질의응답이 끝나 다행이라고 생각했지만, 당치도 않다.

느슨하기는커녕 단단히 목을 졸라매는 듯한 일만이 중첩되어 있다. 물론 횟수로 따지면 내가 원죄를 뒤집어쓴 것은 여섯 번 정도가 아니지만(크고 작은 것을 다 합치면 세 자릿수에 달할 자신마저 있다), 그것은 조건이 다르기 때문이다.

좋아하게 된 사람에게 비극이 닥친다.

다양한 형태로 '파멸'한다.

카코이 씨는 '사귄 남성이'라고 말했지만, 그 교제의 깊고 얕음은 별로 상관이 없는 모양이다. 들은 바에 따르면 카코이 씨가 상대를 좋아하기만 해도 조건에 부합할지 모른다.

여섯 명.

20대 중반이라는 나이를 생각하면 너무 많지도 않고 너무 적지도 않은, 평균적인 인원수에 가까우려나?

유치원과 초등학교 시절, 그리고 축구부 선배에 대한 동경의 의미가 짙었던 것으로 보이는 고교 시절을 빼고… 제대로 사귀었다고 할 수 있는 사람은 대학 시절에 만난 네 번째, 사회에 나와서 만난 다섯 번째와 여섯 번째이리라.

구체적으로 결혼까지 생각했다는 청년 사업가, 최근 만났던 여섯 번째 사람에 대한 마음이 가장 강했다고 생각해야 할까. 뭐, 그처럼 '호의'에 순위를 매기는 데 의미가 있는지 어떤지 잘 모르겠지만.

"기분 나빠하지 마셨으면 하는데요…. 카코이 씨, '좋은 감정'이 생겨서 '사귀기 시작'하면 '파멸'한다는 건 연애 관계에 국한된 일인가요? 이를테면 친구라도 '좋은 감정'에서 '사귀는' 것은 다를 바가 없잖아요? 일하는 방식에 호감이 가는 상대라든지, 아이돌이나 뮤지션이라든지… 스포츠 선수라든지, 또…."

"…그렇게 깊이 생각해 본 적은 없는데요."

생각에 잠긴 얼굴이 된 카코이 씨.

"하지만 떠오르는 사람은 없어요. 사귄 남성에 국한된 것 같아요."

"으~음. 그런데 유치원생 때의 첫사랑은 역시 그 후의 연애

와 다르지 않습니까? 초등학생 무렵의 '좋은 감정'은 아슬아슬
하게 인정할 수 있다고 해도….."

"하지만 그 '오빠'와도 결혼 약속은 했는걸요. 그런 의미에서
라면 '오빠'는 여섯 번째 사람과 똑같아요. 전혀 다를 바 없어
요. 여섯 번째 사람은 연하였지만…."

유치원 무렵의 결혼 약속과 사회인이 된 후의 결혼 약속은 역
시 전혀 다른 느낌이지만, 그렇게 진지한 얼굴로 절실하게 말하
니 더 이상의 반론은 힘들었다.

애당초 내가 여심을 읽을 수 있을 리 없다. 상담자로서 이만저
만 부적격이 아니다.

어째서 나라는 놈이 이런 어울리지 않는 고급 레스토랑에서
맛있는 식사를 하고 있을까?

"카쿠시다테 씨가 하고자 하는 말씀은 알겠어요. 저 또한 줄
곧 그럴 리 없다, 이런 것은 내 자의식 과잉이다, 기분 탓이 틀
림없다, 라고 생각했어요. 생각하려고 했어요. 그렇지만 이제
한계예요."

"카코이 씨…."

"저는 지금 사람을 좋아하게 되는 것이 두려워요. 사람을 사
랑하는 것이 두려워요. 누군가를 좋아하게 되어, 누군가를 진심
으로 사랑하여, 그 누군가가 그때마다 파멸하는 모습을 보는 건
이제 지긋지긋하다고요. 이제 난 제대로 된 연애를 할 수 있을

리 없지 않을까 생각하면 죽고 싶어져요."

　기어드는 듯한 목소리로 그렇게 말하고 카코이 씨는 고개를
숙였다.

　죽고 싶어진다는 신파조의 말을 할 거라고는 전혀 예상하지
못했다. 그녀는 분명, 좋아하는 사람이 파멸할 바에야 자신이
파멸하는 편이 낫다고, 진심으로 생각하고 있을 테니까.

　입장을 바꾸어서 생각해 보면 지겹도록 알 수 있다.

　내 몸에 잇따라 원죄가 씌워진다는 숙명은 물론 견디기 힘들
지만, 그것이 만약 자신과 가까워진 사람에게 원죄가 씌워진다
는 숙명이었다면 나는 한 번조차 견딜 수 없었으리라.

　저주하려면 나를 저주하라고 말하고 싶어질 것임에 틀림없다.
죽고 싶어질 것임에 틀림없다.

　물론 '당신의 마음은 이해한다'라는 배려 없는 소리는 할 수
없다. 타인에게 민폐를, 그것도 좋아하게 된 사람에게만 잇따라
민폐를 끼쳐 왔다고 생각하는 그녀의 마음을, 어차피 나로서는
상상할 수밖에 없으니까.

　혹시 여기서 근사한 멘트라도 하나 던질 수 있으면 내 인생도
달라지겠지만, 공교롭게도 나는 여성을 위로하는 데 소질이 없
다.

　굳이 따지자면, 여성에게서 위로받는 일이 많은 인생이었다.

　그런 내게 어째서 그녀가 이런 이야기를 털어놓았는지, 나 따

위가 그것을 들어도 괜찮았는지, 이유 없이 다른 사람의 비밀에 발을 들여놓은 것 같은 찜찜한 기분에 휩싸였다.

"아니, 뭐, 제대로 된 연애를 할 수 없는 것으로 말하자면, 저도 그런걸요."

미처 침묵의 무게를 견디지 못하고 나는 그런 소리를 했다. 초점은 그 부분이 아닌 걸 알면서도.

"아까도 한 말이지만, 이렇게 잇따라 의심을 받으면 누군가를 건전하게 사귀기란 힘드니까요. 그래도, 어찌어찌 해 나가고 있죠."

생뚱맞은 소리다. 내가 어찌어찌 해 나가고 있는 건 카코이 씨에게 아무런 위안도 되지 않는데. 엄청난 무력감에 사로잡힌 나였으나, 그 순간 카코이 씨는,

"네. 대단한 일이라고 생각해요."

라면서 숙였던 고개를 들었다.

"카쿠시다테 씨는 대단해요."

"어…. 아니, 대단할 건 없는데요."

갑작스런, 그것도 직설적인 칭찬에 나는 당황했다. 쑥스럽다기보다 혼란스러울 따름이다.

"그런 카쿠시다테 씨라서 저는 이야기를 들어 주셨으면 했던 거예요. 당신이라면 분명 제 마음을 이해해 주지 않을까 싶어서."

"이해…."

이해한다, 라고는 말할 수 없다.

하지만 이해할 수 없다고 말하는 것도 그녀를 뿌리치는 듯하여 내키지 않았다.

내가 대답을 망설이자 카코이 씨는,

"그러니까."

하더니 목소리의 볼륨을 높여 이렇게 말을 이었다.

"카쿠시다테 씨에게 부탁이 있어요. 오늘 만난 분에게 부탁할 만한 일은 아니지만, 부디…."

5

"'…부디 제 저주를 규명해 주실 수 없을까요?'라는 부탁을 받았습니다."

"그런 부탁을 받았군요."

내 회상을 다 듣고 쿄코 씨는 수긍했다. 커피 잔을 들어 올렸으나 어느새 텅 비었음을 깨달은 모양이다.

"카쿠시다테 씨도, 한 잔 더 어떠세요?"

"아… 그럼, 주세요."

"잠시만요."

하더니 쿄코 씨는 싱크대 쪽으로 향했다. 원두에서 커피를 내리는지 그럭저럭 시간이 걸렸다. 초고속을 추구한다면 인스턴트로 해야겠지만 그 부분에서는 고집하는 바가 있는 모양이다.

쿄코 씨도 한숨 돌리고 싶은 타이밍이었겠지만, 내게도 이것은 고마운 브레이크 타임(커피 브레이크)이었다. 왜냐하면 '저주의 규명을 부탁받았다'라는 건 거짓말이기 때문이다.

언젠가 쿄코 씨는 '의뢰인은 거짓말을 한다'라고 마치 신념이라도 되는 것처럼 단정 지었는데, 그날의 쿄코 씨는 틀리지 않았던 셈이다. 나는 카코이 씨로부터 그런 것을 부탁받지는 않았다.

중재 따위는 부탁받지 않았다.

내가 이 자리에 있는 것은 내 독단이다.

강연회를 들으러 갈 만큼 카코이 씨가 쿄코 씨의 팬이라면, 오히려 이런 시건방진 짓은 제발 좀 그만해 줬으면 좋겠다고 생각하지 않을까. 쿄코 씨가 망각 탐정이 아니었다면 나 역시 이런 의뢰를 하러 올 생각은 하지 않았겠지만.

"알았어요. 즉, 그 여섯 사건이 그녀와 무관하게 일어났음을 저는 증명하면 되는 거네요?"

커피포트를 가지고 소파로 돌아온 쿄코 씨는 각각의 잔에 커피를 따른 뒤 착석하고, 다시 한번 내 의뢰를 그렇게 정리했다.

"좀 더 자세히 말하자면, 그 남성들을 덮친 '파멸'이 그녀 탓이 아님을 확실하게 제시하면 된다. 맞죠?"

"네. 맞습니다. 그녀의 근심을 어떻게든 해결해 주었으면 해요. 탐정의 업무로서나 명탐정의 업무로서나 이례적인 의뢰라는 것은 알지만, 그래도….”

“알겠어요. 수락하죠.”

내 말이 끝나기도 전에 쿄코 씨는 말했다.

“여섯 시간 이내로 결론을 낼 테니 일단 돌아가 주세요. 지금이 11시니까, 오후 5시에 다시 한번 이곳에 와 주시겠어요?”

“여, 여섯 시간 후… 말인가요?”

가장 빠른 탐정의 호언장담에 나는 아연실색하면서(그야 여섯 사건을 여섯 시간 만에 해결하겠다는 것이다. 사건 하나당 한 시간이다!) 마음속으로는 두 주먹을 불끈 쥐며 쾌재를 불렀다.

오늘은 이야기가 별로 잘 굴러가지 않은 듯하여 의뢰를 거절당할 가능성도 있다고 생각했는데. 아니, 내가 산 듯한 심각한 오해는 차치하더라도 역시 시간이 부족하지 않을까 싶지만… 그래도 쿄코 씨가 할 수 있다고 말한 이상, 절대라고까지는 말할 수 없어도 충분히 해결될 전망은 있다는 뜻이다.

“그, 그럼 그렇게 해야죠. 요금은 약속대로 지불하겠습니다.”

“그건 당연한 일이에요. 여섯 시간 안에 정확히 액수를 맞춰 준비해 주세요. 단….”

하며.

쿄코 씨는 웃는 얼굴을 유지하면서도 다소 낮은 톤으로 말했다.

"신변을 조사했다가 카쿠시다테 씨나 카코이 토시코 씨의 뜻에 부합하지 않는 결과가 나오더라도, 저는 정상 참작 없이 그대로 보고할 테니… 그 점은 부디 이해해 주세요."

"……? 뜻에 부합하지 않는 결과라니…."

"즉… **저주는 정말 있을지도 모른다**는 뜻이에요. 여섯 남성이 카코이 토시코 씨 탓에 '파멸'했다는 것이 분명히 확정되어 버릴 가능성을, 카쿠시다테 씨의 의뢰는 내포하고 있어요."

6

솔직히 쿄코 씨의 그런 충고가 어떤 의미인지 나로서는 선뜻 이해되지 않았다. 그것보다 무엇보다, 어리석은 나는 마지막에 한 거짓말이 들통나지 않은 것을 기쁘게 생각했다.

물론 거짓말은 좋지 않다.

게다가 이 경우, 내가 한 거짓말은 '의뢰인의 거짓말'이라고 하기에는 너무나 의미 없는 거짓말이었다. 경우에 따라서는 솔직하게 말하자, 솔직하게 말해야 한다, 그런 생각도 했지만 나는 더 이상 쿄코 씨의 오해를 사고 싶지 않았다.

누가 나를 의심하든, 아무리 수상하게 여기든 지금으로서는 익숙한 일이었지만, 쿄코 씨가, 그것도 그런 형태로 의혹의 시선을 보내는 것은 설명이 안 될 만큼 절대 싫었다. 그래서 막판이 되어 순간적으로 숨긴 것이다.

카코이 씨가 그저께 내게 한 '부탁'이 사실은 어떤 것이었는지
나는 도저히 탐정에게 말할 수 없었다. 자신이 저주받은 존재라
고 굳게 믿는 그 민완 저널리스트는 어이없게도 나 같은 놈에게
이렇게 말했기 때문이다.

"카쿠시다테 씨에게 부탁이 있어요. 오늘 만난 분에게 부탁할
만한 일은 아니지만, 부디… 저와 결혼해 주실 수 없을까요?"

당신과 함께라면 행복해질 수 있을 것 같아요.

당신과 함께하지 않으면 행복해질 수 없을 것 같아요.

제 3 화

카쿠시다테 야쿠스케, 협박을 받다

1

여섯 시간이라는 시간을 길게 받아들일지 짧게 받아들일지는 그때그때의 상황에 따라 다를 것이다. 과거에 일어난 여섯 사건의 진상을 규명하기 위해 사용한다고 생각하면 지나치게 짧지만, 하는 일도 없이 그저 기다리는 데만 소비하는 여섯 시간이란 체감상으로 지나치게 길다고 할 수밖에 없다.

안타깝게도 나는 그저께부터 변함없이 백수이므로, 이 '자투리 시간'을 이용하여 뭔가 일을 처리할 수도 없다. 오키테가미 탐정 사무소에서 나온들 어디에도 갈 곳이 없다. 정 그러면 일단 집에 돌아가도 좋을 정도였지만 몇 번씩 왕복하기도 귀찮았다.

그러므로 나는 근처 도서관에서 시간을 때우기로 했다. 이곳에서 추리소설이라도 읽으며 명탐정의 활약을 기대하기로 하자. 생각하면 이것은 턱없이 복에 겨운 상황이다.

애당초 가장 빠른 탐정을 기다리면서 시간에 불평을 한다는 것은 합당하지 않다. 이번에는 내가 휘말린 것이 아니고 왓슨 역이 필요한 타입의 사건도 아니므로, 쿄코 씨가 어떤 식으로 탐정 활동을 하는지 동행하여 지켜본다(그렇다, 그저 '지켜본다')는 건 불가능하지만 뭐, 나라는 족쇄와 함께 수사한다고 해서 탐정의 속도가 더 빨라질 이유는 없을 테니까, 본의는 아니지만 나는 여기서 느긋하게 책을 읽는 것이 적재적소라고 해야 할 것이다.

기다리는 것도 일이다. 무직이지만.

그러나 역시라고 해야 할까, 내용이 전혀 머릿속에 들어오지 않았다. 쿄코 씨가 일하는 시간에 나는 우아하게 독서에 몰두할 뿐인 지금 상황이 복이라기보다, 그저 태만처럼 여겨지기 시작했다.

아니, 이 죄책감은 쿄코 씨에게 전혀 의미가 없는 거짓말을 한 데서 비롯된 것인지도 모른다. 혹은 쿄코 씨가 아닌 카코이 씨에 대한 죄책감일까.

느닷없는 그녀의 프러포즈 같은 '부탁'을… 아니, 프러포즈 그 자체인 말을 나는 진지하게 받아들이지 않았고, 술을 마신 카코이 씨가 인사불성이 되어 한 발언이라고 판단하여 그 후 애매한 대응으로 일관했지만, 생각해 보면 그것은 이성에 대한 성실한 태도라고는 할 수 없었다.

몹시 불성실했다.

그렇지만 사실상 초면인 여성에게서 그런 말을 듣고 제대로 대답할 수 있는 남성이 과연 이 세상에 있을까? 예스 혹은 노라 는 단계조차 아니다. 아직 서로 어떤 성격인지도 모르는데.

아니, 알기는 안다.

그에 대해서는 반나절쯤 들여 이야기를 나누었다.

나는 자신의 반평생을 이야기했고, 그녀는 자신의 반평생을 이야기했다. 그런 연후에 카코이 씨는 그런 터무니없는 소리를 한 것이다.

취하기도 했을 테고, 여러 해 동안 쌓인 마음을 쏟아 낸 직후였으니 결코 제대로 된 정신 상태였다고도 말하기 힘들지만, 그렇다고 장난으로 프러포즈를 한 것도 아니리라.

얼토당토않다고 무시해 버리기는 힘들다.

그녀는 아주 진지하다. 일관적으로.

하지만 역시, 그 진지함 때문에 카코이 씨는 자기 자신을 잃었다고 지적하지 않을 수 없다. 생각은 모르는 바도 아니다.

적어도 나로서는 이해를 표하지 않을 수 없다.

좋아하게 된 남성이 모조리 파멸한다는 저주받은 숙명을 타고났다고 자신을 정의하는 그녀는, 누군가를 좋아하게 되는 일에 완전히 겁을 집어먹었다. 그런데 만약 이곳에 **파멸해도 끄떡없다**는 인간이 있다면, 어떨까?

여러 번 파멸할 뻔했음에도 그때마다 고비의 순간에 파멸을 면해 온, 놀랍도록 원죄 체질인 남자가 있다면. 그를 상담 상대 이상으로 착각하더라도 이상하지는 않을 것이다.

상담 상대가 아니라 결혼 상대로 오인하더라도.

물론 그녀의 저널리스트 정신은 진짜이고, 따라서 그럴 목적으로 나에게 취재를 요청한 것은 아니겠지만, 흡사 불행 자랑

같은 내 경험담을 듣는 사이 카코이 씨는 참을 수 없게 되었음에 틀림없다. 그래서 마지막에 프로 의식이 결여된 그런 이상한 질문을 내게 던진 것이다.

'현재, 사귀는 여성이 있나요?'

그리고 그 후 식사를 제안한다는 놀라운 적극성을 보였다. 진지하기는 하겠지만, 냉정함은 크게 결여되어 있다고 말할 수밖에 없다.

평정을 잃은 것과 별로 차이가 없다.

그런 프러포즈에 마냥 성실하게 대응하는 것은, 나 같은 마음 약한 인간이 아니더라도 무리다. 무리한 상담이다.

아니지, 그러니까 상담이 아니라… 구혼인가.

하지만 생각하면 할수록 그런 식으로 냉정함을 잃는 것도 무리는 아니다. 그녀는 여섯 명이나 되는 남성의 파멸을 자신의 책임으로 떠안았으므로.

어쩌면 카코이 씨는 '이 녀석이라면 파멸시켜도 상관없겠지'라고 판단되는 상대라면 누구든 좋으니, 이를테면 카쿠시다테 야쿠스케 씨 같은 인물이라면 누구든 좋으니 닥치는 대로 프러포즈를 했는지도 모른다.

그렇다면 역시 유감이지만 뭐, 어느 쪽이든 간에 나로서는 카코이 씨에게 '성실하게 대응한다' 이외의 선택을 할 수밖에 없었다. 그렇다지만 대서특필할 만큼 기발한 대응도 아니었다.

나로서는 늘 쓰던 수법이다.

아무리 그래도 탐정을 부르게 해 달라고 입 밖에 내어 말하지는 않았지만.

2

결국 폐관 시간 직전까지 도서관에 죽치고 있었으나, 집중할 수 없었던 탓인지 손에 잡은 추리소설을 끝까지 읽을 수는 없었다. 해결 편까지 읽기는커녕 첫 번째 살인마저 일어나지 않았다.

초반도 여간 초반이 아니다.

그러다 보니 어떤 사건을 다룬 미스터리였는지도 완전히 수수께끼로 남았다. 참으로 신통치 않다. 하지만 어쩔 수 없다. 그래도 실제 사건보다 추리소설을 우선할 수는 없다. 도입부가 내 취향이었던 것은 확실하니 언젠가 취직할 곳이 정해져 급료가 입금되면 가장 먼저 구입하기로 하자. 사건 해결을 위해서는 아무런 도움도 못 되는 나지만, 적어도 도서관과 서점을 중간에서 이어 주어 사회 공헌을 대신하도록 하자.

도서관에서 오키테가미 빌딩으로 돌아가던 도중 은행에 들러 의뢰비를 찾았다. 내가 뒤집어쓴 누명이라면 모를까 다른 사람의 사건을 해결하기 위해 돈을 내겠다는 것이니, 생각하면 나도 참 유별나다.

뭐, 아주 남의 일도 아닌가. 내가 '일곱 번째 사람'이라면 이건 이것대로 엄연한 자기방어책이라고도 할 수 있다.

닥쳐올 '파멸'을 면하기 위한 선행투자.

미리미리, 유비무환 등등. 아냐, 나까지 그런 식으로 카코이 씨의 '저주'를 진지하게 받아들이기 시작하면 본말전도다.

쿄코 씨는 그런 식으로 협박하듯 말했지만, 좋아하게 되는 상대가 모조리 파멸한다는 저주가 있을 리 없다.

어디까지나 억측이다.

그런 의미에서, 카코이 씨의 고뇌는 내 누명 체질과 전혀 성격이 다른 것이다. 나의 그것이 악순환이라면 그녀의 그것은 틀림없이 우연의 산물이다.

그럴 것이다.

우연이 여섯 번이나 계속될 리 없다고 그녀는 말하겠지만, **바로 우연이기 때문에** 여섯 번 계속된 거라고, 그렇게 해석해야 한다. 어디까지나 리스크 매니지먼트의 일환으로(혹은 수상쩍은 나에 대한 심술로) 그렇게 말했을 뿐, 쿄코 씨도 조사 결과 나와 같은 결론에 이르렀을 것임에 틀림없다.

그렇게 생각하면서도, 나는 내심 일말의 불안을 안은 채 오늘 두 번째로 오키테가미 탐정 사무소의 응접실을 찾았다. 당연히 들어갈 때의 보안 체크는 처음부터 다시였다.

기분 탓인지 첫 번째보다 두 번째가 더 꼼꼼한 경향도 있었다.

"처음 뵙겠습니다. 탐정 오키테가미 쿄코입니다."

"엑."

"농담이에요. 걱정 마세요, 자지 않았어요."

심장이 내려앉을 듯한 농담은 관뒀으면 좋겠다…. 의뢰도 처음부터 다시 시작인 줄 알았다. 어쨌든 또 소파에서, 테이블을 사이에 두고 서로를 마주한 나와 쿄코 씨. 테이블 위에는 조사 결과가 전면에 펼쳐져… 있지 않았다. 테이블에 놓여 있는 것은 오전 중과 마찬가지로 커피 잔뿐이다.

망각을 제일로 하는 오키테가미 탐정 사무소에서는 페이퍼리스paperless의 기본자세를 철저하게 지킨다. 조사 결과도 추리도 진상도, 전부 쿄코 씨의 백발 머리 안에 있는 것이다.

자연 친화적이다.

따라서 의뢰인으로서는 자세를 가다듬고 경청할 뿐이다. 즉, 내가 해야 할 역할은 팬으로서 강연회를 찾았을 때와 똑같았다.

보안 체크에 한 시간이 걸려, 현재 시각은 오후 6시.

"그래서 쿄코 씨, 어떤 결론이 났습니까?"

나는 느닷없이 '잠자코 듣는다'라는 자신의 역할에서 일탈하여 그렇게 질문하고 말았다. 폼을 잡는 건 아니겠지만 우아하게 커피 잔에 입을 대는 쿄코 씨를 도저히 기다릴 수 없었다. 가장 빠른 탐정을 상대로 플라잉 스타트라니, 시건방짐이 하늘을 찌른다.

"그보다, 애초에 결론은 나온 겁니까… 고작 여섯 시간 만에?"

"나왔어요."

나왔어요, 라고.

쿄코 씨는 힘차게 수긍했다.

"정확히는 오후 3시의 시점에서 결론에 다다랐어요."

"앗… 그, 그럼, 고작 네 시간 만에?"

가장 빠른 탐정은 역시 플라잉 반칙을 당해도 가장 빠르구나 생각하는 한편, 그럼 그 시점에서 내게 연락을 주었어도 좋지 않았을까 생각했다. 그저 기다릴 뿐인 네 시간이 그저 기다릴 뿐인 여섯 시간보다 길 리는 없으니까. 내 전화번호는 의뢰받을 때 알았을 것이다.

"아뇨. 그 후 두 시간은 카쿠시다테 씨의 신변 조사에 썼어요."

"……."

"뭐, 일단, 만약을 위해서라고 할까요."

가장 빠른 탐정이 내게 두 시간이나 할애해 주어 영광이다, 라고 생각해 두기로 할까. 어쨌거나 비율로 따지면 여섯 사건 하나하나보다 찬찬히, 면밀하게 내 소행을 조사한 셈이니까.

얼마나 수상해 보였기에.

그렇지만 뭐, 나는 의뢰인으로서 쿄코 씨에게 거짓말을 했으니 그 대처는 사실 올바르다. 그것만큼은 완전히 억울한 죄라고도 할 수 없다.

두 시간 동안 면밀히 과거를 살펴 의심이 풀렸다고 한다면 나로서도 잘된 일이다.

"그럼, 외동딸을 데리러 어린이집에 가지 않으면 안 되니 착착 보고하도록 할게요."

…경계는 계속되고 있었다. 전혀 의심이 풀리지 않았다.

쿄코 씨의 경계가 어째서 워킹맘을 가장한다는 형태로 나타나는지는 불가사의할 따름이지만.

"결론부터 말씀드리자면 카코이 토시코 씨가, 지금까지 만난 여섯 남성을 '파멸'시켰다고 할 만한 객관적 사실은 없었어요."

쿄코 씨는 단호하게 말했다. 딱 잘라 말했다. 다소 허탈해져 있을 때 불쑥 던진 말이라서 순간 받아들이기 힘들었지만, 그것은… 그것은, 너무도 당연한 답이었다.

의외성이 부족한 답변이었다.

객관적 사실은 없다.

그 당연한 결론에 나는 안도하는 심정으로 가슴을 쓸어내렸다. 내 일처럼 한시름 놓았다. 아니, 그러니까, 바로 내 일이기도 한 셈이지만.

"그보다."

내 그런 모습을 바라보며 쿄코 씨는 보고를 이어 갔다.

"여섯 명 가운데 '파멸'했다고까지 표현할 수 있는 사람은 두 명이에요. 인원수의 문제는 아니겠지만, 나머지 네 명에게는 '파멸'이라는 단어가 조금 어울리지 않아요. 그것은 제 사적인 감각이며, 카쿠시다테 씨나 카코이 토시코 씨가 어떤 식으로 생각할지까지는 저도 모르겠지만….."

"네… 두 명, 인가요."

"네."

라고 수긍하는 쿄코 씨.

어떻게 된 일인지는 상세한 설명을 들을 때까지 뭐라고 말할 수 없지만, 여섯 명으로 여겨졌던 '파멸'의 숫자가 두 명으로까지 줄어드니 인상도 꽤 달라졌다. 물론 쿄코 씨 말처럼 단순히 인원수로 비교할 수는 없지만(인원수가 적다고 좋은 일이라는 건 아니리라), 더구나 그 두 명도 카코이 씨의 책임이 아니라고 하니.

"순서대로 한 건씩 조사한 것을 보고하도록 할게요. 저도 이렇게 좋은 보고를 할 수 있어서 기쁘게 생각해요."

쿄코 씨는 주석을 달듯 말했지만, 실제 어떻게 생각하는지는 알 수 없다.

"우선은 카코이 토시코 씨가 유치원생 무렵에 만나던 첫 번째 사람… '첫사랑 그대'에 대해서예요."

"네, 부탁합니다."

'첫사랑 그대'라니, 그 또한 상당히 고풍스러운 표현이다. 명탐정 특유의 연출인지도 모른다. 하긴, 수수께끼 풀이 장면에서

빈번이 나오는 단어가 '오빠'이면 모양이 나지 않는다.

"조사해 보니 과연, 카코이 토시코 씨가 유년기를 보낸 동네에서 이웃의 이마자와 노부노리今澤延規라는, 당시 초등학교 5학년이었던 남자아이가 교통사고를 당한 사실은 있었어요. 신호위반으로 인한 사고였던 모양인데, 이마자와 노부노리 군은 팔다리가 골절되는 큰 부상을 입었다고 해요."

쿄코 씨가 술술 말하는 '첫사랑 그대'의 사연에 나는 어안이 벙벙해졌다. 아니, 탐정에게 조사를 의뢰한다는 게 그런 것임은 알고 있었을 테지만, 그토록 얼렁뚱땅 전한 일의 사연을(전한 나 자신부터가 카코이 씨에게서 얼렁뚱땅 정도로밖에 듣지 못했으니 당연하다) 눈 깜짝할 사이에 조사해 낸 것이다. 카코이 씨의 어렸을 적 주소부터 '첫사랑 그대'의 풀네임까지.

"고, 고작 여섯 시간… 아니, 네 시간 만에 어떻게 거기까지 조사하셨죠?"

"조사 방법은 기업 비밀이니 아무쪼록 양해 부탁드려요. 게다가 모르는 편이 좋다고 생각해요. 결코 정당한 방법만을 써서 조사한 것도 아니니까."

태연한 얼굴로 그런 소리를 하는 쿄코 씨.

확실히 정공법으로는 네 시간 만에 한 사람의 내력을 조사할 수 있을 리 없다. '첫사랑 그대'만 따지면 40분이다.

"물론 정공법으로도 접근했지만요. 카쿠시다테 씨가 독서에

열중해 계셨던 도서관에 발걸음 하여 과거의 신문을 꼼꼼히 훑어보기도 했어요."

아니, 그럼 말을 걸어도 좋았잖아.

기다리는 시간 중의 내 동향을 몰래 살피기라도 하는 듯한 거동은 취하지 말았으면 좋겠다.

"그, 그래도 첫사랑이었던 '오빠'가 교통사고를 당해 입원했다는 건 사실인 거죠? 그럼 그 후에 이사를 갔다는 것도…."

"네. 그건 확실히 카코이 토시코 씨의 말씀대로였어요. 단, 그녀는 그의 끔찍한 사고가 마치 이사의 원인이라도 된 것처럼 말했지만, 거기에 인과 관계는 없는 것 같아요. 이사 간 이유는 이마자와 노부노리 군 아버지의 인사이동이었어요. 전근이 잦았던 모양인지, 일가족이 그 동네에 살았던 기간도 그리 길지는 않았나 봐요."

그렇단 말인가.

아니, 그러고 보니 유치원생이었던 카코이 씨는 부모님으로부터도 사고와 이사에 대해 자세한 사정을 듣지 못했다고 했던가. 그래서 점과 점을 이어 생각한 거겠지만… 뭐, 듣고 보니 그의 교통사고가 꼭 직접적인 이사 이유가 되었다고는 할 수 없다. 교통사고의 후유증이 남아서 요양을 위해 이사 갔다고 멋대로 해석했지만….

그렇지만, 그렇다면, 어떻게 된 거지?

"후유증이라는 것도 그리 큰 것은 아니었나 봐요. 적어도 일상생활에 지장을 줄 만큼은 아니었던 모양이에요. 이사 간 곳을 추적 조사한 결과, 현재는 전혀 병원에 다니는 일 없이 평범하게 일하시는 것 같거든요. 으음, '첫사랑 그대'가 그 후 어떤 여성과 결혼하시고 어떤 가정을 꾸리셨는지도 자세히 설명할까요?"

"아, 아뇨, 거기까지는."

그것만 들으면 충분하다.

그건 그렇고, 거기까지 밝혀졌단 말인가.

쿄코 씨의 조사 능력에 새삼 혀를 내둘렀다. 도대체 어떤 연줄을 더듬어 가면 거기까지 알아낼 수 있을까.

모르는 편이 낫다고 했지만 궁금해진다.

뭐, 평소 수사에 협력하는 쿄코 씨의 경우 마음만 먹으면 경찰 데이터베이스에도 접속할 수 있겠지만… 수사에 협력한 사실을 잊어버린 이상 그 수법을 썼을 거라고는 생각하기 힘들다.

"현재 건강하게 살고 계시다면 그보다 더 좋을 순 없죠. 일을 하고 있으며 가족도 있다면… 그렇군요, '파멸'은 하지 않았네요."

"네. 저는 그렇게 판단했어요."

"그렇다면 카코이 씨가 느끼는 책임은 조금이나마 경감될지도 모르겠군요. 뭐, 그렇다 해도 좋아하는 사람이 자기 탓에 교통

사고를 당했다고 생각하면 마음이 아프겠지만….”

"그 또한 그녀 탓이 아니에요. 원인은 신호 위반이니까."

"그럼 더 불합리하죠. 신호를 위반한 자동차에 치이다니….”

"신호를 위반한 건 이마자와 노부노리 군이에요."

초등학생이었으니까요, 라고 말하는 쿄코 씨.

"물론 도로교통법에 따르면 운전자의 과실은 인정돼요. 극히 단기간이지만 교통 교도소에서도 복역했다고 하니…. 따라서 우선 이 건에 관해 말씀드리자면, 카코이 씨의 책임이 인정될 여지는 없어요. 신호를 무시하고 도로에 뛰쳐나간 '첫사랑 그대'와 운전자의 부주의가 원인인, 일반적인 교통사고예요."

찍소리도 할 수 없었다.

저주라느니 숙명이라느니 하는 오컬트의 개입 여지가 없는, 논리적인 해결이다. 이 기세를 몰아 쿄코 씨는 나머지 다섯 건도 정리 정돈해 줄 것인가.

단조롭고 현실적인 해결이기는 하나, 그것도 명탐정의 해결편임에 틀림은 없다.

"납득하셨나요? 그럼 두 번째 사건으로 넘어가죠. 두 번째 사람. 초등학교 4학년 무렵에 투신자살한 동급생. 네, 그의 경우에는 가엾게도 스스로 목숨을 끊었으니 '파멸'이라는 단어가 어울리지 않는다고는 말할 수 없어요. 오히려 딱 들어맞겠죠. 그분, 키야마 호쿠軌山鳳来 군은 반 안에서 괴롭힘의 표적이 되어 있었어요. 그 정보에 틀린 부분은 없었어요. 유족이 학교와 지자체를 상대로 건 재판은 현재도 계속되고 있는 모양이에요."

재판이 10년 이상 계속되고 있는 셈인가.

듣기만 해도 마음이 무거워지는 이야기다. 카코이 씨의 취재 중에는 터무니없는 혐의를 뒤집어쓴 이상 법에 따른 보상을 정식으로 요구해야 하지 않느냐는 대목도 있었는데, 그런 오랜 진흙탕 싸움 같은 이야기를 들으니 법정이라는 장소 자체에 새삼 신물이 났다.

그야 얼른 답을 낼 수 있는 문제는 아니겠지만.

"유서가 없어서 다른 경우보다 난항 중인가 봐요. 고소당한 학교 측에서는 괴롭힘이 없었다고 주장하고 있어요."

"뭐, 괴롭힘이 있었다고는 말하지 않겠죠."

있었다고 인정하더라도 '그것이 직접적인 원인인지 아닌지는 알 수 없다'라는 것이 전통적인 표명 방식이다. 10년도 더 전부터 현재에 이르기까지 집요할 정도로 반복되어 온 패턴이다.

"괴롭힘이 전혀 없었던 건 아닌 듯하지만, 그것이 어느 정도였는지에 대해서라면 외부인으로서는 재판의 결론을 기다릴 수밖에 없겠죠."

쿄코 씨는 그렇듯 신중하게 말했다. 하지만 맞는 말이다.

원죄는 딱히 개인에게만 씌워지는 것이 아니다. 학교와 지자체라는 조직이기 때문에 자기 보신을 위해 거짓말을 했다고 단정 짓는 것 또한 칭찬받을 행위는 아니리라.

"그런데 카코이 토시코 씨 본인이 키야마 호쿠 군의 괴롭힘 피해 사실을 몰랐다고 말씀하신 이상, 그녀 또한 우리와 같은 외부인이에요. 사이쇼은 동급생의 투신자살을 막을 수 없었다는 죄책감과 혼동되었는지도 모르지만, 키야마 호쿠 군은 그녀와 사귀었기 때문에 자살한 게 아니에요."

그런가.

혼동한 것은 나도 마찬가지였다.

각각의 조건을 따로 떼어서 생각하면 그런 셈이 된다. 카코이 씨뿐 아니라, 가까운 누군가에게 비극이 닥쳤을 때는 누구나 '뭔가 할 수 있는 일이 있지 않았을까'라며 감정적으로 책임을 느끼기 쉽지만, 당시 상황을 생각하면 대체 무엇을 할 수 있었단 말인가.

하물며 당시 카코이 씨는 초등학생이었다.

잔인한 말이지만, 카코이 씨와 사귀지 않았더라도 그 아이는 스스로 죽음을 택하지 않았을까….

"세 번째 남성의 이야기로 넘어가죠. 세 번째 사람. 고교 시절의 축구부 선배… 더 자세히 말하자면 카코이 토시코 씨가 1학년이었을 때 3학년이었던 선배, 우스카와 쵸조薄川帳三 군이에요. 교내에 팬클럽 비슷한 그룹이 있었을 만큼 인기 스트라이커였다고 해요. 카코이 씨도 팬클럽의 일원이었을까요? 시합 도중에 인대를 다쳐 은퇴하셨다고 했는데⋯."

"네, 그렇게 말씀하셨어요."

교통사고와 투신자살 등 뉴스성 있는 정보라면 신문 등을 조사할 수도 있겠지만, 일개 고교생이 시합 중 부상을 당했다는 에피소드의 당사자 이름까지 알아내다니, 정말 질려 버렸다. 축구부 졸업생 혹은 팬클럽 출신자를 추적했을까.

팬클럽에 들어갈 타입 같지는 않았지만 뭐, 카코이 씨에게도 여고생이었던 시절은 있을 테니까.

"과격한 스포츠이니 부상을 당하는 건 오히려 당연한 일로, 거기에 카코이 씨가 관여할 여지는 없는 것 같아요. 선수의 이상에 책임을 느껴야 할 사람은 지도자라는 것이 상식적인 견해이겠죠. 단, 시합을 관전하는 여자 후배를 기쁘게 하고자 무리를 했다는 케이스는 가정할 수 있으니, 그 부분은 뭐라고 단정할 수 없어요."

한창 청춘일 때다.

그런 일이 있어도 이상하지 않으리라.

이미 누명 체질이 발현되어 있던 나와는 인연이 없는 청춘이지만, 그렇다면 카코이 씨가 책임을 느끼는 것도 무리는 아니다. '내 탓에'라고 생각하는 게 당연하다.

예민한 사춘기니까.

이미 세 번째이기 때문에 유치원생 무렵과 초등학생 무렵의 일도 염두에 있었을 테고.

"그런데 말이죠, 카쿠시다테 씨. 가령 우스카와 쵸조 군의 부상에 어떤 형태로든 카코이 토시코 씨가 관여했다 하더라도, 그건 어디까지나 그뿐인 일이에요. 그뿐인 일에 지나지 않아요. 세 번째 사람에게 그것은 '파멸'이라고 할 수 없어요. 확실히 그 부상이 원인이 되어 축구부를 은퇴하기는 했지만, 애당초 3학년이었으니까요. 머지않아 은퇴할 예정이었다고요."

"……."

"참고로 축구부는 다음 시합에서 패배하여 다른 3학년들도 은퇴했으니 거의 간발의 차이였죠. 덧붙여 말하면 인대 부상은 수술의 경과도 좋아서, 그는 대학생이 되어서도 축구를 계속하여 현재는 프로 클럽 팀에서 플레이 중인가 봐요."

뭐야, 이거. 파멸은커녕 순풍에 돛 단 배잖아.

추적 조사도 일단 하고 볼 일이다.

뭐, 동아리 활동 도중에 부상을 당한다는 것은 고교생에게 있어 슬픈 일임에는 틀림없지만, 그로써 인생이 끝나는 것은 아니고, 인생을 길게 볼 때 그런 건 만회 가능한 사고로 보여 얼마든지 다시 시작할 수도 있으리라.

그렇다고 해서 민감한 고교 1학년 학생이 당시 받았을 쇼크가 완전히 사라져 버리는 것은 아닐지라도… 그래도 세 번째 사람의 현 상황을 알고 나니 인상은 확 달라졌다.

"네 번째 사람에 대해서라면 제가 드릴 말씀은 거의 없어요."

라며 쿄코 씨는 매끄럽게 말을 이었다.

"이름은 시마하라 토오루嶋原通 군. 대학생이었고 하니 '씨'라고 해야 하려나요."

"으음, 우등생이었지만 대학교에서 카코이 씨와 사귀기 시작한 순간, 성적이 하락하여 유급을 반복하다가 대학을 관두고 행방불명이 되었다… 라는 그 사람이로군요. 그럼, 그가 여섯 명 가운데 두 번째로 '파멸'했다고 말할 수 있는 사람입니까?"

"전혀요. 오히려 '파멸'과 가장 거리가 먼 분이지 않을까요. 그도 그럴 것이, 성적이 우수했던 학생이 여자애와 교제하느라 부진에 빠진다는 건 평범한 일이잖아요?"

"……."

평범한… 일인가.

아니, 그렇게까지 딱 잘라 말하기도 좀 그런데.

표현의 문제이기도 할 테고.

"카쿠시다테 씨는 이런 말을 듣고 싶어 하시는 것 같은데, 카코이 씨에게 있어 정식으로 '사귀었다'라고 말할 수 있는 사람은 이 시마하라 토오루 씨가 처음이었던 듯해요. 유치원 시절과 초등학교 시절, 고교 시절은 연인 관계라기에는 저마다 귀여웠던 것 같네요."

카쿠시다테 씨는 딱히 그런 이야기를 듣고 싶어 하는 게 아니었지만(두 시간 들여 나를 조사한 끝에 대체 어떤 결과를 얻은 것일까), 역시 그런가. 그건 예상했던 일이기도 하다.

"그 때문은 아니겠지만 제법 푹 빠진 느낌의 교제였던 모양이라… 그래도 카코이 씨는 성적을 유지할 수 있었나 봐요. 다만, 상대방인 그는 얄궂게도 그렇게는 되지 않았던 것 같은데, 하지만 대학을 중퇴하는 분이라면 세상에 얼마든지 있으니까요."

"확실히 중퇴만 갖고 '파멸'이라고는, 도저히 말할 수 없겠지만…. 그 후, 으음, 시마하라 씨는 행방불명이 되었잖아요? 일본에 없다는 둥의 이야기도…."

"네. 그 소문은, 사실이에요. 그런데 '일본에 없다'라는 말만 들으면 마치 망명이라도 한 것 같지만, 시마하라 토오루 씨의 경우에는 그 어감만큼 비관적인 것이 아니라, 청년의 해외 방랑이라고 말하는 편이 더 정답에 가까운 것 같아요."

"…백패커 같은 느낌인가요?"

"바로 그거예요. 대학을 관두고 '자아 찾기'를 시작한 것이 여행의 스타트 지점이었나 봐요."

그 말을 들으니 점점 평범하다. 평범한 일이다.

게다가 쿄코 씨는,

"아무래도 시마하라 씨는 그 '자아'를 아프리카 대륙에서 발견한 것인지, 현재는 자원봉사에 가까운 형태로 NGO 캠프에 참여 중인 모양이에요. 현지에서 얼마나 많은 사람에게 도움이 되고 있을지를 상상하면, 그런 그의 인생이 망가졌다고는 아무도 생각하지 않겠죠."

라고 말했다. 으음.

그것은 평범한 것이 아니라 남다른, 자아 찾기에 성공한 드문 케이스다.

강연회에서 쿄코 씨는 '자아 찾기'를 할 여유가 없다고 했는데, 이미 잊었다지만 그런 이야기를 듣고 어떤 생각이 들었을까.

뭐, 과거의 세 가지 사례와 다르게 이 케이스에서는 카코이 씨와의 교제가 그 사람 인생의 터닝 포인트에 직접적인 계기로 작용했다 해도 틀린 말은 아닐 것 같은데, 저주라고 할 만큼 특이한 사례가 아닌 데다, 찾은 끝에 발견한 '자아'가 너무 훌륭해서 뭐라고 할 말이 없다.

오히려 도약의 계기가 된 것이 아닐까.

"그런데 쿄코 씨. 용케도, 해외 사례까지 조사하셨군요."

여느 탐정이라면 여섯 시간은커녕 엿새를 들여도 조사할 수 없을 것 같은 상세 정보이다.

그러고 보니 콘도 씨가 예전에 해외에서 쿄코 씨와 비슷한 사람을 본 적이 있다고 했던가… 무슨 관계라도 있는 것일까?

쿄코 씨는 내 질문에 대답하지는 않고('기업 비밀'인 것이리라),

"어쨌든 네 번째 사람의 그 후 인생을 일반적이라고 말하기는 힘들지만, 불행하다고 말하기는 더 힘들어요."

라고 매듭지었다.

"애당초 대학이라는 환경이 그의 성격에 맞지 않았던 것 같으니까. 카코이 토시코 씨와의 만남도 국가 간 격차 문제에 대응하는 동아리에서 이루어졌던 모양이라, 원래부터 해외나 자원봉사에 흥미가 있지 않을까 생각했어요. 카코이 씨와의 교제가 하나의 원인이었던 건 확실하겠지만, 그 사람은 카코이 씨만큼 그 일을 부정적으로 인식하지는 않지 않을까요."

그렇다면 슬픈 인식의 엇갈림이다.

본인이 마음에 두지 않는 일로 마음 아파하다니.

그런 진지한 느낌의 동아리에 속해 있었다는 말을 들으니 카코이 씨는 당시부터 진지했구나, 하고 납득이 가는 느낌도 있었다.

인기 스트라이커의 팬클럽에 소속되어 있었다 해도 그건 그것대로 그녀의 일면이겠지만.

"그에 비하면 다섯 번째 사람에게는 '파멸'이라는 표현을 써도 무방하다고 생각해요. 다섯 번째 사람… 미네타 소에키峰田添記 씨가 회사에서 자진 퇴사에 내몰렸다는 것도 사실 같고요. 현재 생활도, 으음, 도저히 장밋빛 인생을 산다고는 말할 수 없어요. 다만, 이 케이스는 자업자득이라고 할까요… 그야, 회사 내에서 카코이 토시코 씨 말고도 여러 여성과 만남을 가진 것이 자진 퇴사에 이른 커다란 요인이니까."

"자업자득…이네요."

단지 여러 여성과 만남을 가졌을 뿐만 아니라, 그것이 사내에서 한 짓이라면 다방면에 걸친 학대 의혹도 불거진다.

카코이 씨는 그의 부하 직원이었던 건가….

그렇다면 '파멸'해야 한다고까지는 못 해도 최소한 동정의 여지는 없다. 자진 퇴사 정도로 끝났다면 그는 오히려 운이 좋았던 게 아닐까.

"그러고 보니 카쿠시다테 씨도 자주 직업을 바꾸시는 것 같던데요."

그 의미심장한 발언은 뭐지.

나는 그 직장에 있기 불편해져서 스스로 관뒀을 뿐이다.

일과 연애는 철저히 분리하자는 주의이다. 아니, 일이 없으므로 분리할 필요도 없지만.

그런데 그 직장에 있기 불편해져서라고 한다면, 카코이 씨가 첫 직장이었던 대형 출판사를 그만두고 지금의 잡지사로 옮긴 것도 마찬가지로 '있기 불편해져서'인지도 모른다.

그런 추측은 성립된다.

그렇다면 그녀는 오히려 피해자인데… 하지만 그 무렵에는 이미 부정적인 사고가 몸에 완전히 배어 있었던 걸까? 그래서 인과응보라고밖에 할 수 없는 그런 '파멸'도 자신의 책임으로 떠안아 버린 걸까. 아니면 상사가 다른 여성과도 만남을 가졌다는 사실을 카코이 씨는 여전히 모르고 있는지도 모른다.

"여섯 번째 사람으로 넘어가도 될까요?"

"아, 네."

무심결에 생각에 잠겼는데, 일단 여기까지 왔으니 여섯 번째 사람, 마지막 한 명에 대해 먼저 듣는 게 좋을 것이다.

새 직장에 취직하고 알게 된 벤처 기업 창업자였던가.

청년 사업가.

결혼 약속까지 했었다니 가장 진지한 교제였다고 봐야 하나 ('오빠'와도 결혼을 약속했었다는 사실은 일단 제쳐 두자).

사귀기 시작한 뒤 회사 실적이 악화되었다는 부분만 보면 대학 시절의 남자, 즉 네 번째 남자와 비슷한 데가 있는데… 그렇지만 뭐, 학생 때와는 달리 서로 어른이었을 터이다.

연애에 빠져 회사 운영을 소홀히 했다거나 하는 일은 없지 않았을까… 아니, 다양한 사람이 있으니 확실한 건 말할 수 없지만. 그렇게 따지면 다섯 번째 때도 당사자들은 모두 '어른의 관계'로 쿨하게 생각했을지도 모르니까.

"여섯 번째 사람… 카메무라 스구히사亀村優久 씨의 경우 일시적으로 '파멸'했었다고는 표현할 수 있을지도 몰라요. 회사를 도산시키고 약혼도 파기하게 되었으니까. 하지만 그는 현재 동종의 새로운 회사를 세우려 하고 있어요."

"어… 버, 벌써요?"

"네. 굉장한 생명력이죠. 저도 사무소라는 한 왕국의 주인으로서 본받고 싶을 따름이에요. 내일이면 잊어버리지만."

"……."

"카코이 토시코 씨와 사귀던 도중 망했다는 회사도 카메무라 스구히사 씨에게는 첫 설립이 아니었던 모양이고… 결혼이 여의치 않게 된 것은 사실이겠지만, 그의 입장에서는 회복할 수 없을 만큼 막대한 대미지는 아니었던 것 같아요."

"흐음."

신음하고 말았다.

카코이 씨에게 연하라면 내게도 연하일 텐데, 아무래도 대단한 남자인 것 같다.

방금 전에야 이름을 안 그를 나 또한 본받아야 할지도 모른다. 뭣하면 다음 직장으로 그의 회사에 지원해 볼까. 대단한 남자가 채용해 줄지 어떨지는 일단 생각하지 말고.

"만약을 위해 질문하는데요, 회사를 도산시킨 일에 카코이 씨가 요인이 된 것은, 아니죠?"

"적어도 제 조사에 따르면 실적 악화는 인적 요인에 의한 것이 아니에요. 대형 거래처가 부도를 내어 발생한 연쇄 도산이에요. 카코이 토시코 씨는 물론이고 카메무라 스구히사 씨의 탓이라고 할 수도 없겠죠. 물론 대표이기 때문에 책임은 지지 않으면 안 되지만, 그 변제는 카코이 토시코 씨와 헤어진 다음 확실히 끝냈어요."

"당연히 카코이 씨는 그 대형 거래처의 도산과도 무관하겠죠?"

주의에 주의를 기울여 거기까지 물어보니 "거기까지는 조사하지 않았는데, 정 그러시면 추가로 조사해 드릴까요?"라는 대답이 돌아왔다.

뭐, 너무 캐물었나.

그만한 영향력이 있으면 이미 저주조차 아니리라.

그렇게 되면 여섯 번째 사람은 '파멸' 따위는 하지 않았을뿐더러 카코이 씨의 탓도 아닌 셈이다.

카코이 토시코 씨 탓에 여섯 남성이 파멸했다는 객관적 사실은 없다던 쿄코 씨의 조사 결과는 들으면 들을수록 납득이 갔다. 모든 것은 카코이 씨의 억측, 혹은 착각인 것이다. 게다가 대부분의 인물은 '파멸'조차 하지 않았다고 하니 카코이 씨가 마음 아파할 필요는 전혀 없다.

다행이다. 정말 다행이다.

뭐, 그러니까 이런 건 당연한 결과이기는 하지만 분명하게, 증거를 들어 이처럼 논리적으로 증명하고 나면 이토록 안심이 되는 법인가.

내가 그런 식으로 쿄코 씨의 탐정 능력에 새삼 감탄하고 있는데,

"그럼, 일곱 번째 사람인 카쿠시다테 야쿠스케 씨에 대해서인데요⋯."

라며 쿄코 씨는 추리를 이어 가려고 했다.

"아, 아뇨, 저는 일곱 번째 사람이 아닙니다."

급히 부정하는 내게 "어머, 그런가요?" 하며 쿄코 씨는 쿡쿡 웃었다.

"저는 틀림없이 카쿠시다테 씨가 카코이 토시코 씨로부터 열렬히 구혼을 받은 게 아닐까 추리했는데요."

"⋯⋯."

아차, 입을 다물어 버렸다.

이러면 격하게 긍정하는 것과 조금도 다를 바 없다. 즉답 같은 것이다. 그런데 왜 그런 추리가 성립되었지?

"어머어머, 정곡이었나요? 뭐, 카코이 토시코 씨의 부탁을 받고 의뢰하러 왔다는 말이 거짓이라는 건 처음부터 빤히 알고 있었지만, 방금 전에는 떠보았을 뿐인데."

떠보는 방법이 너무 교묘하다.

아니, 뭐, 추리력도 추리력이지만, 허풍을 치는 재간 역시 명탐정에게 없어서는 안 될 요소 가운데 하나이기는 하다. 그렇지만 왜 내가 한 거짓말이 들통난 거지?

뭐, 생각해 보면 내가 의뢰인으로서 한 거짓말이 쿄코 씨에게 들통나지 않았던 적은 지금껏 한 번도 없지만.

그렇다 해도 의문이다.

그래도 레스토랑의 개별 룸, 즉 밀실 안에서 오간 대화 내용이다. 허풍으로도 알아맞힐 수 있는 게 아닌데.

"어머나, 분명히 정보를 공개했을 텐데요. 남은 시간에 카쿠시다테 씨에 대해서도 조사했다고. '파멸적 상황'이라고 겸손하게 말씀하셨지만, 카코이 토시코 씨가 교제해 온 남성들은 상대도 안 될 만큼 파란만장한 인생을 사셨던데요. 설마 이 정도일 줄은 몰랐어요. 분명히 저는 당신이 뒤집어쓴 누명을 몇 번쯤 벗겨 준 적이 있겠죠…."

제가 망각한 과거의 사건과 맞닥뜨릴 뻔하여 그 즈음에서 조사는 중단했지만, 하고 쿄코 씨는 내막을 밝혔다.

"그런 카쿠시다테 씨의 반평생을 고려하면, 카코이 토시코 씨가 카쿠시다테 씨를 단순한 상담 상대로만 보는 게 아니라 '이 사람이라면 내 저주를 무효화할 수 있지 않을까'라며 자포자기를 하더라도 이상할 건 없다고 추측했어요. 프러포즈라는 건 추리가 빗나갔을 때를 위해 일부러 과장되게 한 말이었을 뿐이지만."

그런 거였나.

자포자기라는 표현에는 한마디 해 주고픈 마음도 있었지만,

납득은 되었다.

"그러니까 카쿠시다테 씨는 저에게 카코이 토시코 씨의 신변 조사를 의뢰하여 저주 따위는 애당초 없다, 즉 결혼하더라도 자신에게 피해가 미칠 리 없다는 사실을 확인함과 동시에, 그녀 앞에서 한껏 생색을 내면서 단숨에 약혼을 성사시킬 생각이신 거죠?"

내가 그런 사악한 인간으로 보이나.

거의 때려 맞히기식 추리로 그토록 정확하게 정답을 도출해 놓고, 어째서 마지막의 마지막에 틀리는 걸까.

첫인상의 중요함을 절감했다. 이렇게 되니 어서 내일이 되었 으면 하는 마음도 든다.

하지만 생각해 보면, 억울한 누명을 뒤집어쓰고 의뢰했을 때 도 우선 내 신변을 파헤치는 데서부터 시작하는 것이 쿄코 씨의 정해진 수순이었으니, 이것도 여느 때의 패턴이라면 여느 때의 패턴인가.

그래도 해명은 해 두자.

"프러포즈를 받았다는 건 맞지만, 저는 그 요청을 거절할 생 각으로 쿄코 씨에게 의뢰한 겁니다. 그토록 명백한 착각에서 비 롯된 프러포즈를 받아들일 수는 없으니까요."

"어?"

두 손으로 입가를 틀어막으며 경악하는 쿄코 씨.

그렇게까지 놀랄 일인가?

"영문을 모르겠네요… 법칙에 어긋나요. 카쿠시다테 씨, 잘 생각해 보세요. 당신에게 이런 찬스는 두 번 다시 없을 건데요?"

쿄코 씨는 진지한 눈빛으로 설득하듯 말했다. 남은 시간을 이용하여 그녀가 어떤 조사를 했는지는 몰라도, 내가 아는 한 '이런 찬스는 두 번 다시 없다'라고까지 단정 지을 이유는 없다. 내가 프러포즈를 거절하는 것이 왜 법칙에 어긋나지?

무슨 법칙인데.

"그야, 또 있을 것 같아요? 당신의 원죄 체질을 알면서도 당신과 결혼하겠다는 여성이. 우선 저라면 절대 무리예요."

드디어 나에 대한 혐오감을 감추려고도 않게 된 '오늘의 쿄코 씨'였다. 내일의 태양이여, 빨리 떠라.

이 오해를 오늘 중으로 푸는 것은 불가능하다.

"소중한 외동딸의 아빠이기도 한 제 남편이 저 같은 망각 체질의 인간을 진심으로 사랑해 주는 귀한 존재이듯이, 당신에게 카코이 토시코 씨는 귀중한 운명의 상대일지도 모르는데 말이에요? 그 좋은 기회를 날려 버려도 되겠어요?"

아빠나 남편이라느니, 거짓말에 이상한 리얼리티를 부여하는 건 관뒀으면 좋겠다.

거짓말이란 이렇게 하는 건가. 분명 들키더라도 밀고 나가는 정신의 터프함이 필요하겠지.

하지만 거짓말에 설득력이 생긴 탓에 정작 설득에는 설득력이 사라졌는데… 어쨌거나, 나는,

"뭐라고 하시든 카코이 씨의 프러포즈를 받아들일 생각은 없어요."

라고 소리 높여 말했다.

이제 무슨 소리를 해도 내 이미지는 좋아지지 않을 것을 잘 알면서도 조금쯤은 '오늘의 쿄코 씨' 앞에서 폼을 잡고 싶었기 때문이다.

"지금까지 쭉 괴로운 연애를 해 온 그녀가 지금부터는 행복해지길 바라니까, 그러니까 결단코 제 원죄에 끌어들이고 싶지 않아요."

3

정말그렇군요맞는말이에요쉽게납득했어요인간으로서당연한일이라완전히이해했으니그럼차질없이계산부탁합니다, 라는 단계로 진행이 되었으므로 나는 아까 찾아온 돈을 봉투에 담아 쿄코 씨에게 건넸다. 신용금고에 근무하면서도 보지 못한 화려한 손놀림으로 안에 든 지폐를 꼼꼼하게 확인하는 쿄코 씨. 신뢰감이 너무 제로라서 오히려 홀가분했다.

"네, 맞네요. 감사합니다. 저는 슬슬 외동딸을 데리러 가지 않

으면 안 되니, 부디 어서 돌아가 주세요."

끝나고 보니 보고에 소요된 시간은 30분 정도였기에 현재 시각은 6시 반. 아이를 데리러 어린이집에 가기에는 꽤 늦은 시간이지만, 분명 무슨 사정이 있으리라. 이를테면 외동딸 따위는 없다든지.

그런 이유로, 나는 쫓겨나다시피(쫓겨난 것이리라) 오키테가미 탐정 사무소를 뒤로했다. 다음에 올 때는 빌딩 외벽에서 파란 방수포가 벗겨져 있을까.

아니, 다음에 올 기회는 사실 없는 편이 좋지만.

나는 집으로 돌아왔다.

보안 장치는 하나도 없는 거나 마찬가지인 공동주택의 비좁은 집이다. 오토 록도 방범 카메라도 바랄 수조차 없다.

일단 문에 자물쇠는 달려 있지만 기술이 없는 나라도 뜯을 수 있을 만한 것이고, 도어체인은 조금만 잡아당겨도 떨어져 나가게 생긴 쇠사슬이었다.

오키테가미 빌딩과의 차이가 두드러진다.

어째서 이런 환경에서 사는 내가 그런 갖춰진 환경에서 사는 쿄코 씨에게 계속 돈을 내고 있나 싶어서 가끔 고개를 갸웃하고 싶어진다.

뭐, 이사가 귀찮을 뿐, 내게도 조금 더 넓은 집에 살 만한 저금은 있지만… 어쨌거나 나는 언제 탐정을 불러야 할지 알 수 없는 처지이다.

만약을 위해 최소한의 저축은 남겨 두지 않으면 안 된다.

그런데 그러기를 반복하다 보면 대체 무엇을 위해 일하는 건지 알 수 없어지게 마련이다. 나로서는 누명을 뒤집어쓰기 위해 일하고 탐정에게 의뢰하기 위해 일하는 것이 아닌데.

패턴화.

하필이면 쿄코 씨가 망각 탐정이다 보니 자꾸 찾는 느낌이 매우 강하게 든다. 뭐, 오늘은 상당히 이례적이었지만, 끝나고 보니 오히려 여느 때보다 순조로웠을 정도다.

늘 이러면 좋을 텐데.

아니, 늘 미움받으면 곤란하다. 솔직히 말해 두 번은 사양이다.

그런 식으로 기분을 전환하고 느지막한 저녁밥이라도 지을까 생각했을 때, 충전기에 연결한 지 얼마 안 된 휴대전화로 전화가 왔다.

지난번에 본 면접의 결과인 줄 알고 집어 들었으나, 액정 화면에 표시된 이름은 '카코이 토시코(견실한 걸음)'이었다.

맞다. 취재가 끝났을 때, 카코이 씨는 며칠 안에 원고 형태로 완성하여 연락을 주겠다고 했었다. 그 후 함께 이동한 레스토랑에서 상담과 프러포즈를 받은 덕분에 일에 대한 기억이 머릿속에서 쏙 빠져 있었다.

그러니까 잘리지, 이런 녀석.

그런데 몇 시간에 이르는 인터뷰를 고작 이틀 만에 정리한 것으로 보인다는 사실은 카코이 씨의 기자로서의 우수성을 나타내는 지표이기도 할 것이다. 어쩌면 내가 프러포즈 답변을 미룬 것에 항의하는 의미도 있을지 모른다.

어쨌든 큰일 났다.

쿄코 씨에게 조사를 의뢰하여 저주의 숙명 따위는 없다는 걸 증명했으나, 그것을 어떤 형태로 카코이 씨에게 전하면 좋을지 전혀 생각해 두지 않았음을 방금 깨달았다.

지나친 걱정인지도 모르지만, 남성이 허락 없이 신변을 조사했다고 하면 젊은 여성으로서는 기분이 별로이지 않을까. 제삼자이자 프로인 쿄코 씨부터가 그런 느낌이었다.

하물며 본인은 어떤 기분이 들까.

게다가 나는 밀실에서 오간 사적인 고백을 '제삼자'에게 거의 고스란히 전했다.

그런 녀석은 어떻게 여겨지는 거냐.

어떤 수단 방법으로 무슨 권모술수를 부리면 내 행동 모두가 '당신을 위해서'였음을 카코이 씨가 알아줄까 싶어서 나는 몇 초간 골머리를 앓았으나, 다음 몇 초 만에 관두고 전화를 받았다.

무리다. 변명의 여지가 너무 없다.

그 어떤 구차한 범인도 항복할 만한 상황이다. 묻지도 않았는데 거침없이 자백할 수밖에 없는 국면이었다.

애당초 '당신을 위해서'라는 매우 위선적인 해명이 통하는 것은 대가를 바라지 않을 때뿐이다. 쿄코 씨를 상대로 폼을 잡는('포즈를 잡는' 게 아니라) 정도라면 모를까, 카코이 씨를 상대로 내 논리를 내세우겠다니, 건방지기 짝이 없다.

내가 품었던 계획은 쿄코 씨 덕분에 이제 얼추 달성되었으니 그것으로 만족해야 한다. 지금 내가 할 수 있는 일은 전화를 모르는 척하는 것이 아니다.

지금 내가 할 수 있는 일은, 그리고 해야 하는 일은, 내가 한 난폭한 행동을 알고 격분한 카코이 씨가 분노에 몸을 맡기고 전화를 끊어 버리기 전에, 모든 것을 남김없이 빠른 어조로 말해 버리는 것뿐이었다.

가장 빠른 탐정에게는 미치지도 못하겠지만, 가장 빨리 자백하는 범인이라면 나도 될 수 있을 것이다.

이 기회에 쿄코 씨의 강연회에서 그 뒷모습(덧붙여 말하자면 '그 흑발')을 목격한 것까지 함께 자백하도록 하자. 이번이 마지막 대화가 될지도 모르니 미련이 남지 않도록 하자. 불쾌감은 받는 것도 주는 것도 한 번으로 족하다는 마음도 있었다.

예상대로 원죄에 관한 특집 기사가 완성되었으니 원고를 봐주었으면 한다, 내일 드릴 테니 다음 주까지 체크해서 돌려주었으면 한다, 라는 일 이야기부터 하려고 한 카코이 씨에게 나는

모든 것을 털어놓았다. 아니, 속속들이 토해 냈다고 하는 편이
더 정확하리라.

자신의 과거를 정연하게 설명해 준 카코이 씨나 면밀하게 해
설해 준 쿄코 씨와는 비교도 안 될 만큼 무작위로 뒤죽박죽, 하
고 싶은 말을 생각나는 순서대로 말했을 뿐인 무분별한 '자백'이
었다.

뭐, 속도만큼은 빨랐다.

그런 탓에 정작 내용은 더 알기 힘들어졌을지도 모르지만. 어
떤 형태로든 도중에 가로막히는 것을 피하고자, 거의 숨 돌릴
틈도 없이 퍼부은 일방통행의 연설이었다.

어쨌거나 전하고 싶었던 것은, 그녀가 몹시 마음 아파했던 여
섯 남성의 '파멸'은 그녀 때문이 아니며 그중 대부분은 '파멸'조
차 아니라는 사실이었다. 그것만큼은 어떻게든 알아주길 바랐다.

전해졌다고 생각한다.

자백하고 나니 뻔뻔한 마음도 들었다.

상대를 생각하여 하고 싶은 일을 했을 뿐이니 감사하길 바라
면 안 된다고 한 말에는 한 치의 거짓도 없었을 텐데, 나 역시
인간인지라 만에 하나쯤은, 혹시 무언가의 착각으로 카코이 씨
가 고맙다고 해 줄 가능성도 있지 않을까 하는 기대가 없지 않
았다. 취재를 받았을 때의 인상으로 말하자면 그녀는 냉정하고,
진지하고, 이지적이고, 공평한 판단이 가능한 이해력 좋은 어른

같았으니. 빠른 어조로 전개되는 내 이야기를 끝까지 거의 잠자 코 들어 주기도 하여 '어쩌면, 의외로'라고 생각했다.

그러나 카코이 씨는 화냈다.

격노했다.

누군가를 위한 사심 없는 행동에 인간이 인간에게 이토록 화 를 낼 수 있을까 싶을 정도로 화를 냈다.

다른 범죄 혐의를 뒤집어썼을 때에도 이만한 분노를 산 적은 없지 않을까. 실은 카코이 씨가 울면 어쩌지 걱정도 했는데, 내 가 울 판이었다.

단, 카코이 씨가 화를 낸 이유는 내가 멋대로 그녀의 신변을 조사한 것, 허락도 받지 않고 그녀의 사적인 이야기를, 하필이 면 쿄코 씨에게 가서 한 것 때문이 아니었다. 아니, 그 또한 충 분히 카코이 씨를 불쾌하게 만들었음에는 틀림없겠지만.

카코이 씨가 화를 낸 가장 큰 이유는 내가 그녀의 프러포즈를 그런 이유로 거절하려 했기 때문이었다.

[제가 싫다면 그렇다고 분명히 말씀하시면 되잖아요. 그런데 뭐예요, 굳이 탐정에게 의뢰하면서까지 논리적으로 거절하려 하 다니. 여자를 우습게 보는 거라고요.]

마치 고금을 통틀어 보기 드문 극악인인 것처럼 나를 비난했 다. 그럴 생각은 없었지만, 쿄코 씨에게 오해를 받았을 때와 달 리 이 경우에는 그런 인상을 준 시점에서 불성실하다는 비난을

면치 못하리라.

　상처를 줄 의도는 없었고, 오히려 나는 무슨 일이 있어도 카코이 씨 같은 사람이 행복해지기를 바랐는데.

　[쿄코 씨에게 의뢰하러 간 것은 그래도 용서할 수 있어요. 탐정은 탐정이지만 다름 아닌 망각 탐정이었다면. 저 역시 할 수만 있다면 그렇게 하고 싶었으니까. 하지만 제 프러포즈를 거절하기 위해 그런 일을 했다는 건 절대로 용서할 수 없어요.]

　카코이 씨는 귀기 어린 음성으로 말했다.

　[카쿠시다테 씨. 카쿠시다테 야쿠스케 씨. 내일 제가 당신에게 인터뷰 원고를 건넬 때까지 적절한 거절의 말을 생각해 놓으세요. 제가 납득할 수 있는 답변을 하지 못하면 그때는 무슨 수를 써서라도 당신을 파멸시키겠어요.]

4

　언론 쪽 사람이 '당신을 파멸시키겠어요'라고 선언했을 때 과연 어느 정도까지 가능할지는 상상조차 할 수 없다.

　맙소사.

　이러면 정말 '일곱 번째 사람'이 되고 만다.

　당신은 좋아하는 사람을 파멸시키지 않았다, 라고 카코이 씨에게 알리고 싶었을 텐데 어째서 일이 이렇게… 본말전도 정도가 아니라 완전히 역효과였다.

일이 이렇게 틀어질 수도 있나. 돈을 내고 두 여성에게서 미움을 받다니, 대체 어떻게 흘러가는 거야.

멋대로 행동한 결과 상대방이 어떤 식으로 생각하든 상관없다고 생각했는데, 사태가 이 지경에 이르면 역시 자신을 지키기 위해 지혜를 쥐어짜지 않을 수 없다.

자기방어책을 강구하지 않으면 안 된다.

과연, 욕을 먹도록 깨닫지 못한 건 문제였는데, 프러포즈 거절법으로서는 아주 최악이었다. '이러이러한 이유로 갑이 을에게 한 프러포즈는 전제에 오류가 있으므로 무효이다'라는 프레젠테이션에 무릎을 탁 치는 구혼자가 있을 리 없다. 설사 논리가 타당하다고 해도 '당신의 자의식이 너무 강했을 뿐, 저주 같은 건 없어요'라는 설명이 가슴을 찡 울릴 리도 만무했다. 오히려 그녀로서는 마냥 굴욕적이지 않았을까.

하지만 그럼 '납득되는 거절법'이란 뭐지? '적절한 거절의 말'이란 뭐지? 그런 것이 있나? 상처 줄 생각이 없었다고 해도, 받은 프러포즈를 상처 주지 않고 거절한다는 것은 애당초 무리이리라.

불가능 범죄보다 더 불가능하다

이렇게 되면 체면 불고하고 콘도 씨에게 중재를 부탁하는 수밖에 없을까⋯ 원래 카코이 씨는 콘도 씨가 소개한 사람이고,

게다가 다양한 국면에서 인기를 불러일으켰을 남자 중의 남자, 유사시의 콘도 씨라면 여기서 탈출할 수 있는 수단을 알지도 모른다.

다만, 내가 망신을 당한다면 모를까, 중재자인 콘도 씨에게 망신을 주는 것은 본의가 아니다… 가뜩이나 신세를 지기 일쑤인데 더 이상 누를 끼치고 싶지 않다. 아니, 하지만 그렇다 해도, 이것은 탐정을 부를 만한 사태가 아니다. 불려 온 탐정이 나를 비난할지도 모른다.

머릿속에서는 그런 식으로 사고가 빙글빙글 소용돌이쳤으나 (제자리걸음이라고도 한다), 옆에서 보기에 나는 휴대전화를 움켜쥔 채 후들후들 떨며 웅크려 앉은 거대한 남자였다.

카코이 씨에게서 전화가 온 것은 오후 8시경이었지만 저녁밥도 짓지 않은 채, 욕조 속에도 이불 속에도 들어가지 않은 채, 정신을 차려 보니 시곗바늘은 정점을 지나 심야 2시를 가리키고 있었다.

여섯 시간을 웅크려 앉아 있었다는 계산이 된다.

쿄코 씨의 조사를 기다리던 시간과 얼추 비슷하다. 그저 기다리는 여섯 시간은 길었지만, 떨면서 보내는 여섯 시간은 순식간이었다.

타임 리밋이 있음을 생각하면 지금이야말로 시간은 상대적으로 가급적 천천히 지나가 주었으면 좋겠는데.

이대로라면 아침은 금방 와 버릴 것 같고, 카코이 씨와 약속한 인터뷰 원고 전달 시간, 즉 타임 리밋도 순식간에 찾아와 버릴 것 같다. 사고에 타임 리밋이 있다는 게 이토록 압박이 되는구나 하고 새삼스럽게 통감한 나의, 생각하는 듯하면서도 생각하지 않는 의식을 각성시킨 것은 다시 걸려 온 전화였다.

새벽 2시.

요괴를 만날 때보다 겁에 질린 현재의 나는 우시미츠*라는 개념에 정말 이보다 더 심드렁할 수 없었지만, 그래도 새벽 2시에 전화라니 심상치 않다.

이크, 카코이 씨의 재촉 전화인 줄 알고 겁이 난 나였으나… 아니었다.

재촉하는 사람이 아니라 가장 빠른 사람이었다.

액정 화면에 표시된 것은 '오키테가미 쿄코(망각 탐정·오키테가미 탐정 사무소)'였다. 쿄코 씨?

"여, 여보세요?"

[카쿠시다테 씨, 탐정 오키테가미 쿄코예요.]

반사적으로 수신 버튼을 누른 내게 들려온 것은 그런 이름이었다.

그런 이름이었지만, '처음 뵙겠습니다'라는 말은 없었다. 즉,

※우시미츠(丑三つ) : 우시, 즉 축시(丑時)를 넷으로 나누었을 때 세 번째에 해당하는 시간으로 새벽 2시부터 2시 반까지를 가리키며 유령이 나오는 불길한 시간대라고 한다.

그녀의 기억은 저녁 즈음에 헤어진 후로 쭉 이어지고 있었다.

　내 그런 생각을 뒷받침하듯 쿄코 씨는,

　[날짜는 바뀌었지만 아직 '오늘'인 것으로 해도 되죠?]

　라고 차분한 목소리로 말했다.

　차분한 목소리라기보다, 그것은 졸음에 겨운 목소리라고 해야 할지도 모른다.

　[실은 지금, 카쿠시다테 씨의 집 앞에 와 있어요.]

　"네? 쿄코 씨, 지금, 뭐라고 말씀하셨어요?"

　[카쿠시다테 씨에게 전해야만 하는 것이 있어요. 제가 잊어버리기 전에.]

오키테가미 쿄코의

혼인신고서

제4화

카쿠시다테 야쿠스케, 호감을 받다

1

혼자 사는 남성의 집은 자칫 어질러져 있기 쉽다는 이미지가 있을지도 모르는데, 우리 집은 다르다. 앞서 말한 대로 좁아터져서 구석구석 골고루 청소하기 좋다는 것은 있지만, 집이 좁다는 것은 난잡해지기 쉽다는 측면도 내포하고 있어서 결코 정리정돈이 손쉬운 건 아니다.

나는 그렇게 착실한 성격이 아니고 그다지 결벽증도 아니므로 구직 활동으로 바쁜 가운데 치우는 일에 힘쓴다는 일과가 타임 스케줄상 꽤나 부담스럽기도 하지만, 적어도 일정한 청결함은 유지한다. 물건도 너무 많아지지 않도록 주의한다. 왜냐.

뻔하다. 나라는 놈은 언제 어느 때 억울한 죄를 뒤집어쓸지 모르는 몸이기 때문이다. 집을 덮쳤는데 그곳이 '참 그럴싸해' 보이면 의심이 깊어질 것 아닌가.

의혹이 증대될 만한 집에 살 수는 없다.

사치하는 인상을 주지 않으려고(파고들 틈을 주지 않으려고) 굳이 소박한 구조의 집에서 이사하지 않고 있다는 것도 있을지 모르겠다.

그렇다고 가구가 전혀 없는 소독실 같은 집이면 그건 그것대로 이상함이 두드러지므로 적당히 집기를 배치하는 안배가 필요했다.

자두나무 밑에서 관을 고쳐 쓰지 말라, 는 아니지만.

한때 정신적으로 힘들었을 때는 벽에 방송국과 신문사 포스터를 붙여 놓았었다. 그렇게 해 두면 유사시에도 집 안 풍경이 언론에 나갈 일은 없지 않을까 생각했기 때문이다.

좋은 인상을 주려고 했다. 애정을 가지는 것으로.

역시 그렇게까지 하니 반대로 위험인물의 집처럼 되었기에 바로 떼었다. 정말 제정신이 아니었다. 그렇게 하더라도 의심을 받을 때는 의심을 받으며, 치우면 치우는 대로 '이런 낡은 건물에서 모델 하우스처럼 생활한다'라느니, 결국 할 수 있는 말은 얼마든지 있다.

쓸데없는 노력이다.

실제로 쓸데없었다. 나는 지금 언론에 종사하는 사람에 의해 파멸당하게 생겼으니까.

취재에서 실컷 이야기했듯이 무엇을 하든 원죄를 피하기란 불가능하다.

이번 건에서는 꼭 원죄라고 단언할 수만도 없는 것이 쓰라린 부분이긴 하나. 그런데 쓸데없는 노력이 예상치 못한 형태로 주효하는 경우도 있는 모양이다.

새벽 2시라는, 전혀 생각지 못할 만한 시간에 찾아온, 전혀 생각지 못할 만한 손님을 맞으며 허둥대지 않아도 되었으니까.

아니, 허둥대지 않으면 안 되었다.

  망각 탐정, 쿄코 씨를 내 집에 불러들이는 사태는 전혀 예상하지 못했으니까.

2

  "이런 낡은 건물에서 모델 하우스처럼 생활하다니, 굉장히 수상하네요."

  신발을 벗고 실내로 들어온 쿄코 씨는 집 안을 둘러보며 그렇게 말했다. 역시 그렇게 보이나 싶어 맥이 탁 풀리는 듯한 감상이었지만, 혐오감을 감추려 하지 않는 그 언행으로 보아 그녀가 아직 '오늘의 쿄코 씨'라는 것은 알 수 있었다.

  낮에 사무실에서 만난 이후로 기억이 쭉 이어지고 있다. 미움을 받는 상태이다.

  물론 이상한 일은 아니다.

  하루 만에 기억이 리셋되는 망각 탐정은, 엄밀히 말하자면 잘 때마다 기억이 리셋되는 망각 탐정이다. 반대로 말해 **잠들지만 않으면** 그녀의 기억은 사라지지 않는다는 뜻이다.

  이론상 철야를 반복하면 그녀의 기억은 계속 쭉 이어지게 된다. 당연히 한계는 있지만, 예컨대 나는 그녀가 일주일 가까이 자지 않고 계속 활동하는 모습을 눈으로 본 적이 있다.

  마지막에 가서는 기진맥진 녹초가 되어, 기억은 유지되었다

해도 제정신을 유지했다고는 말하기 힘들었지만…. 어쨌거나 의학적으로 어떻게 해석해야 하는지는 잘 몰라도 시스템은 그렇게 되어 있다.

그러므로 시곗바늘이 정점을 지났다고 해서 당장 나와의, 오키테가미 빌딩 내에 위치한 오키테가미 탐정 사무소 응접실에서의 대화를 쿄코 씨가 잊어버릴 일은 없는 셈이다. 그렇지만 납득이 안 가는 것은 그 점이 아니다.

내가 동요하지 않을 수 없는 이유는 '어제의 쿄코 씨'이든 '오늘의 쿄코 씨'이든 '내일의 쿄코 씨'이든, 어째서 그녀가 내 집을 찾았는지 전혀 알 수가 없기 때문이다.

나도 쿄코 씨와는 꽤 오래 알고 지냈지만(일방적으로 말이다. 그녀 쪽에서는 언제나 언제까지나 '처음 뵙겠습니다'이다), 어떤 사건으로 어떤 혐의를 썼든 그녀가 내 집 안에 들어온다는 전개는 한 번도 없었다.

집에 누군가를 들이지 않으면 안 되는 사건일 적에 나는 동성 탐정에게 의뢰하는 경향이 있기 때문인데. 그런 만큼 하필이면 쿄코 씨가 찾아왔다는 것은 그 자체만으로도 일종의 독립된 사건이라고 할 수 있었다.

침착해.

하나씩 의문을 해소해 나가자.

쿄코 씨가 어떻게 내 주소를 알았는가. 그건 간단하다. 기억이 이어지고 있다면 전혀 이상할 것이 없다. 카코이 씨의 신변 조사를 의뢰할 적에 나는 클라이언트로서 분명히 내 연락처를 알려 주었다. 내일이 되면 잊고 마는 정보지만, 자기 전이라면 쿄코 씨의 뇌는 그것을 잊지 않는다. 전화번호도 그때 알려 주었다. 방문 직전에 걸려 온, 거절할 수 있을 리 없는 전화를 약속이라고 하기에는 아무래도 무리가 있지만.

다음으로 이상히 여겨야 할 것은 '어떻게 여기까지 왔는가'이려나? 인간의 발인 대중교통 수단이 다니는 시간대가 아니다.

그런가 하면 기록을 꺼리는 망각 탐정은 택시에 타는 것을 기본적으로 좋아하지 않는다. 아니면 요즘도 찾아보면 녹화 카메라가 탑재되지 않은 택시가 있나? 설마, 걸어왔으려나… 아냐, 하지만 발판에 가지런히 놓인 쿄코 씨의 신발은 하이힐까지는 아니어도 장거리 보행에 견딜 만한 것이 아닌데.

"히치하이킹으로 왔어요."

물어봤더니 쿄코 씨는 선뜻 그렇게 대답했다. 그 수手가 있었구나.

그 발足이 있었구나, 라고 해야 하지만.

이런 심야에 용케도 얻어 탔다. 미인은 유리하다는 걸 증명하는 일화인지도 모르지만, 생각해 보면 밤중에 히치하이킹이란 상당히 위험한 행위이기도 하다. 그런 리스크를 감수하면서까지 내 집을 방문해야만 하는 절실한 이유가 그녀에게 있는 걸까.

설마 '잊은 물건을 가져다주러 왔어요'라는 건 아니리라.

잊은 물건은커녕.

잊어버리기 전에, 라고 했다.

"으음… 내올 수 있는 커피 같은 건 없는데요…."

커피는커녕 잔도 없다.

쿄코 씨뿐만이 아니라, 우리 집은 기본적으로 손님을 맞이할 수 있는 시스템이 아니다. 겉모양에만 신경을 써서 실제적이지 않기 때문이다. 예고되어 있었다면 모를까, 갑작스런 손님에 카쿠시다테 저택은 너무도 무방비했다.

"부디 신경 쓰지 마세요."

그렇게 말하고 쿄코 씨는 앉았다. 방석도 없이 그냥 바닥에.

우리 집에 책상과 의자라고는 벽 근처에 배치된 일인용 라이팅 데스크뿐이다. 과연, 실제로 손님을 맞이해 보지 않으면 알 수 없는 법이다.

이후에 언제 억울한 일로 가택 수색이 들어와도 이상할 게 없으니 앞으로는 손님용 커틀러리를 한가득 준비해 두기로 하자… 아니, 준비할 거면 더 상식적인 이유로 준비하는 것이 좋다.

뭐, 백발의 미녀가 아무것도 없이 그냥 바닥에, 그냥 앉아 있다는 것은 제법 그림이 되었다. 내가 화가였으면 주저 없이 붓을 들었으리라. 화가가 아니기 때문에 실제로는 당황하여 직시하지 못하는 느낌이었지만.

하긴, 위화감은 있었다.

쿄코 씨는 코트를 입은 채 앉아 있다. 가구를 최소한으로 줄였지만 그래도 현관 쪽에 옷걸이 정도는 있는데. 실내에 들어와도 모르는 장소에서는 고집스럽게 코트를 벗지 않는 사람이라는 것이 세상에 일정 수 있다 하더라도, 패션계의 매너를 중시하는 쿄코 씨라면 그러지 않을 텐데… 아니면 싫어하는 녀석의 집은 예외인가?

뭐, 새빨간 색의 얇은 롱 코트는 실내복으로도 충분히 성립되므로 매너 위반을 들먹일 정도의 일은 아니지만… 그런 내 의아한 시선을 받고 쿄코 씨는 코트 자락을 만지며,

"실례가 되었네요."

라고 말했다.

"서둘러 나오느라 이 코트 안은 파자마예요."

"……."

단순한 매너 위반 정도가 아니었다.

뭐?

그럼 파자마 위에 코트만 걸치고, 그 상태로 사무소 겸 집을 뛰쳐나왔단 말인가?

그런 건 거의 맨몸뚱이 아닌가.

그러고 보니 직시할 수 없어 못 보고 지나쳤는데, 어쩐지 쿄코 씨는 맨얼굴 같았다. 정말 맨얼굴인지 맨얼굴 느낌의 메이크업

인지 나 같은 문외한은 판단할 수 없지만….

들으면 들을수록 뭘 챙길*겨를도 없이 내 집으로 달려왔다는 느낌이다.

"네. 잠자리에 들어 거의 잠들기 직전이었어요. 하지만 잠들기 직전의 타이밍에 마음에 걸리는 것이 있어서."

벌떡 일어났어요, 라고 쿄코 씨는 말했다.

말 그대로 벌떡 일어나야 했으리라.

연속으로 철야할 수 있는 체력을 가진, 겉보기와 달리 의외로 터프한 쿄코 씨지만, 한 번 잠자리에 들면 일어나기 힘든 것은 나 같은 일반인과 감각상 크게 다르지 않으리라. 단, 인간은 잠에 빠지기 직전에야말로 무언가 떠올리기 쉽다는 것도 일반적인 통념이다.

쿄코 씨는 당장에라도 하루치의 기억이 리셋되려는 바로 그 순간에 **무언가**를 번뜩 떠올린 것일까. 그리하여 허겁지겁 이 카쿠시다테 저택을 찾았다는 것일까.

그렇다면 당연히 '전해야만 하는 것'이란 카코이 씨의 신변 조사에 관한 이야기라는 소리가 된다.

새로운 사실이 발견…된 것일까?

아니 하지만, 이미 더할 나위 없이 면밀한 조사가 초고속으로 이루어졌을 것이다. 그 결과, 나는 지금 궁지에 몰린 셈이지만.

결혼과 파멸이 동시에 닥쳐오고 있으니 그야말로 궁지다.

"혹시 새롭게 알게 된 사실이라도 있습니까, 쿄코 씨?"

생각하고 생각해도 소용이 없기에 나는 쿄코 씨의 정면에 앉아 그렇게 물었다. 쿄코 씨 쪽에서 말을 꺼내지 않으니 이쪽에서 운을 떼는 수밖에 없다.

그건 그렇고, 역시 쿄코 씨는 졸린 눈치였다. 꾸벅꾸벅 존다고까지는 못 해도 역시 반응이 느리다. 시스템 종료 직전에 재부팅되어 그녀의 성능은 상당히 저하된 것으로 보인다.

"새롭게 알게 된 사실. …음, 글쎄요. 아뇨, 카코이 토시코 씨건에 관한 추가 정보가 있는 건 아니에요."

"네?"

의외였다.

있다면 그것뿐이라고 생각했는데. 그럼 대체 무엇에 관한 추가 정보가 있었던 거지?

"**당신**에 대한 새로운 정보예요. 카쿠시다테 야쿠스케 씨."

"저에 대해?"

점점 영문을 알 수 없었다.

아니, 확실히 쿄코 씨는 여섯 사건을 조사하고 남은 시간에 나에 대한 조사도 했지만… 아니지, 참, 그 조사는 도중에 중단했다고 말했다.

망각 탐정이 과거 담당했던 사건이 아른거리는 시점에서 스톱했다고. 오키테가미 탐정 사무소의 방침을 준수한다는 의미에서는 정당한 행위지만, 생각해 보면 그것은 나에 대한 조사가 **완수되지 않았다**는 뜻이기도 하다.

하지만 조사를 중지한 이상 추가 정보가 나올 리도 없는데.

"그 점은 사과를 드리는 수밖에 없어요."

쿄코 씨는 앉은 채 백발 머리를 숙였다.

"저는 조사를 그만뒀지만, 마모루 씨… 아니, 제 보디가드가 당신에 대한 조사를 몰래 속행했어요. 그의 일은 최우선적으로 제 몸을 보호하는 것이니 그저 자신의 일을 했을 뿐이라는 변명은 일단 성립되지만, 망각 탐정의 룰에는 완전히 위배되는 행위예요."

"네… 그렇군요."

보디가드는 정말 있었단 말인가 생각하면서도 그렇게 된 거로구나, 하고 납득하는데,

"그래서, 그는 오늘부로 해고했어요."

라고 쿄코 씨가 얼굴을 들고 말했다.

"네… 네에?! 해고하다니, 그, 그렇게까지 하지 않아도…."

"괜찮아요. 오늘부로 해고한 일을 저는 내일이면 잊으니까. 그에게 근성이 있다면 시치미 뚝 떼고 내일도 사무소에 나타나겠죠. 저를 지키는 데 있어서 제 의사를 존중하지 않는 자세에는 호감이 가니, 부디 이대로 저를 지켜 주었으면 좋겠어요. 그건 그렇다 치고, 보디가드의 보고에 따르면 저는 아무래도 당신

을 오해했던 모양이에요."

"오, 오해요?"

"젊디젊은 여성의 신변 조사를 하려는데 젊디젊은 여성 탐정에게 의뢰하는 도착적인 변태라고 생각했는데 아무래도 그렇지 않은 모양이고, 오히려 오키테가미 탐정 사무소의 단순 '단골' 정도가 아니라 여러 번 저를 궁지에서 구해 주신 적도 있는 것 같다는… 그런 조사 결과를 보디가드에게서 보고받았어요."

혐오감을 품고 있는 줄은 알았지만 변태 레벨로까지 생각했다는 사실에는 미처 쇼크를 감출 수 없었는데… 그건 그렇고, 그 보디가드도 탐정에 필적하는 조사 능력을 가진 모양이다.

그뿐만이 아니라 구태여 그것을 쿄코 씨에게 보고하다니. '위험이 있다'라고 보고하는 것이라면 또 모를까, 이미 주된 임무가 끝난 이상 '위험은 없었다'라고 보고할 이유는 거의 없을 텐데도.

아무런 이득도 없을뿐더러 해고될지도 모르는데(그리고 실제로 해고되었다) 내 오해를 풀어 주다니… 발단은 나에 대한 터무니없는 의심이었다지만 이 얼마나 나이스 가이인가.

쿄코 씨를 지키기에는 충분한 인재 같다.

엉뚱한 타이밍에 나는 안심했다.

물론 오해가 풀렸다면 그에 대해서도 안심이다. 내일이 되면 어차피 잊어버릴지라도 잊히기 전에 오해가 풀렸다면 그쪽이 더 기쁜 게 당연하다.

"으음… 그럼, 쿄코 씨는 오해한 일을 사과하려고 일부러 집까지 와 주었다는 겁니까? 이렇게 성실할 데가…."

"아니요, 보디가드의 주제넘은 행동에 대해서는 고용주로서 진지하게 사과할 필요가 있지만 오해했던 일에 대해서라면, 그건 솔직히 사과할 만한 일은 아니지 않나 생각했어요."

거리낌이 없었다.

뭐, 마음속으로 나를 얼마나 싫어했든, 일은 일로서 똑바로 처리했으니 그것을 비난할 이유도 없을 것이다.

음.

그런데 지금 '생각했어요'라고 과거형으로 말했나?

"네. 미안하게 되었구나~ 라고 한탄하며 잠자리에 누워, 뭐 어차피 내일이 되면 잊으니까 됐다고 생각했는데요."

"어지간한 생각을 했군요."

"단, 해고한 보디가드의 보고를 받고 **석연찮은 감정**은 생겼어요. 의뢰인이 변태라고 해서 대충 했다고는 생각하지 않지만, 똑바로 처리한 것 같으면서도 무의식중에 혐오감이 발동하여 제 일이 불충분해지지 않았을까 하는, 불안한 감정이요. 미흡한 점이 있지는 않았을까. 초고속超高速이 아니라 졸속拙速이 아니었을까. 그렇게 생각하니 불안해서 밤에도 잠을 잘 수 없었어요."

라고.

쿄코 씨는 졸린 기색으로 말했다.

"어린이집에 외동딸을 데리러 갔다가 밤 11시에는 잠자리에 들었지만, 그 일이 마음에 걸려 한잠도 잘 수 없었고. 역시 이대로 잊어버릴 순 없다는 생각에 이렇게 후닥닥 찾아뵙게 된 것이에요."

오해는 풀렸어도 외동딸에 대한 거짓말은 끝까지 밀고 나가려나 보다. 끝까지 밀어붙이려나 보다. 이렇게 되자 정말 외동딸이 있는 게 아닐까 싶기까지 했다.

생각해 보면 있더라도 별로 이상하지는 않다.

그건 그렇고 뭐, 납득은 되었다.

요컨대, 사후 관리 같은 것인가. 일기일회—期—會를 제일로 하는 리셋주의자 망각 탐정의 일에서는 원래 있을 수 없는 보증 기간이지만, 엇갈림에 의해 우발적으로 발생한 예외인 셈이다.

패턴에서의 일탈…이다.

"배려 감사합니다…. 그런데 모처럼 신경 써 주셨지만, 그건 지나친 걱정인 것 같군요. 쿄코 씨의 일 처리는 여느 때처럼 완벽했어요."

파자마 차림으로 달려와 주어 이쪽이야말로 죄송스러운데, 지나치게 완벽했을 정도다.

덕분에 나는 지금 엄청난 역경에 처했다. 쿄코 씨와는 다른 형태로, 나는 오늘 밤 한숨도 잘 수 없는 상황에 처한 것이다.

구태여 말할 만한 일도 아니었지만, 그로써 쿄코 씨의 일 처리에 미비함이 없었음을 뒷받침하고자 나는 여섯 시간 전에 카코이 씨와 나눈 대화를 공개했다.

비웃을 거라고 생각했지만, 쿄코 씨는 정색을 했다.

"뭘 한 거예요, 당신. 그렇게 솔직하게 알리다니, 변태 실격이에요."

"저기, 그러니까, 변태 아닌데요."

"아차."

쿄코 씨는 입가를 틀어막았다.

"안 되겠어요. 한 번 오해하니 좀처럼 의식이 개선되지 않아요. 감정이라는 건 마음대로 되지 않네요."

으음. 확실히 머리로는 알면서도 어떻게 할 수 없는 것은 있다. '마음의 문제'이다. 취재에서 답변했듯이 그것은 원죄 구도의 하나이기도 하다. 재판에서 무죄가 확정되더라도 사회적으로는 계속해서 의심받는 것처럼. 이 집에 들어와서 모델 하우스 같은 집 안 풍경에 의혹을 제기한 일도 그렇고, 쿄코 씨의 안에서 여전히 나는 '수상한 녀석'으로 남아 있는지도 모른다.

"그런데 쿄코 씨. 어떤 식으로 알리든 마찬가지였을 거라고 생각하는데요…."

"그러네요. 카코이 토시코 씨의 말도 물론 이해가 안 가는 건 아니지만, 명백한 과잉 반응인 것도 부정할 수 없어요. 카쿠시다테 씨가 아무리 여자 마음을 알아주지 않는 촌뜨기일지라도 파멸 운운하면 그것은 협박이죠. …아예, 결혼해 버리면 되지 않아요?"

낮과 똑같은 소리를 한다.

괴롭구나.

이 경우, '좋은 기회를 놓쳐서는 안 돼요'에서 '포기하시죠?'로 의미가 변했으니 더욱 괴롭다.

"…어떤 거절 답변을 하면 카코이 씨가 납득해 줄지, 쿄코 씨라면 아시겠어요?"

어쨌든 모처럼 쿄코 씨가 와 주었으니 그런 식으로 상담해 본 나였다. 잘하면 탐정에게서 어드바이스를 받을 수 있겠다는 심산이다.

젊디젊은 여성의 신변 조사를 젊디젊은 여성 탐정에게 의뢰하는 것보다는 그나마 정당하다고 해야 하리라. 보통은 별도 요금이 발생할지도 모르는 국면이지만, 사후 관리라는 것이라면 무료로 대응해 줄 가능성도 있다.

그 자그마한 가능성에 걸어 보려고 한다.

하지만 쿄코 씨의 대답은,

"카쿠시다테 씨도 잘 아시겠지만 납득시키는 것은 불가능하다고 생각해요. 이것은 탐정으로서가 아니라 카코이 토시코 씨와 같은 여성으로서의 견해인데, 그녀는 실현 불가능한 생떼를 써서 카쿠시다테 씨를 몰아세우는 것뿐일걸요."

였다.

실현 불가능한 생떼라… 그런 사랑스러운 것은 아니지만.

"그런 일을 할 사람으로는 보이지 않았는데요….."

"제 경험으로 말씀드리자면, 차인 사람은 무슨 짓을 해도 이상하지 않아요."

망각 탐정인 쿄코 씨가 말하는 '제 경험'이란 탐정으로서의 경험이 아니라 기억을 잃기 이전의 경험인가. 분명, 열일곱 살 이전? 아니지, '외동딸'이라는 거짓말을 생각하면 강연회에서 한 발언에는 이미 신빙성이 전무하다.

"**단**, 그 부분의 '마음의 문제'를 포함하더라도 역시 위화감이 있는 반응이네요. 과잉 반응이네요….."

그렇게 말하고 쿄코 씨는 눈을 감고 생각에 잠긴 얼굴을 했다. 시간대도 시간대라 그대로 잠들어 버리지는 않을까 걱정이었다.

하지만 의문이 졸음을 이긴 모양이다.

"'의외로 고마워하지 않을까'라는 건 카쿠시다테 씨의, 남성 특유의 속 편한 망상이라고 쳐도… 적어도 카코이 씨는 오랜 세월 얽매여 온 속박에서 해방된 것이 확실한 셈이니까."

"그렇군요….."

남성 특유의 속 편한 망상이라고까지 한 건 못 들은 것으로 했다.

"오히려 카코이 씨는 속박을 풀고 싶지 않았던 것일까요?"

"어라. 카코이 토시코 씨는 좋아하는 상대가 잇따라 파멸한다는 '저주받은 자신'에 취해 있었다는 말씀인가요?"

"그렇게까지는 말하지 않겠지만."

아니.

그런 경향이 전혀 없는 것도 아니리라. 불행한 사람에게 반하는 가엾은 자신에게 도취된다는 것은 그리 드문 감정이 아니다.

"위화감이 하나 더…. 카쿠시다테 씨, 만약을 위해 확인할게요. 카코이 토시코 씨는 이렇게 말씀하신 거죠? '쿄코 씨에게 의뢰한 것에 대해서는 그래도 용서할 수 있어요. 저도 할 수만 있다면 그렇게 하고 싶었으니까'."

"아, 네. 자세한 부분까지 분명히 기억나는 것은 아니지만, 굉장한 기세로 그런 뉘앙스의 말을… 그러니까 신변 조사를 한 것 자체에는 그다지 화가 나지 않았을지도 몰라요."

"남성 특유의 속 편한 망상이네요."

반복해서 말하니 듣지 못한 척에도 한계가 있었다.

"그렇지만 본인이 용서한다고 말씀하셨으니 일단 그 부분은 패스하자고요. 이름이 거론된 입장에서 제가 신경 쓰지 않을 수 없는 건 '할 수만 있다면 그렇게 하고 싶었'라는 부분이에요."

"……? 그게 뭐가 이상하죠? 카코이 씨는 강연회에 갈 만큼 쿄코 씨의 열렬한 팬이니까, 망각 탐정에게 자신의 속박에 대해 조사를 의뢰하고자 했더라도 부자연스럽지 않다고 생각하는데 요."

실제로 손을 들고 질문도 했다.

쿄코 씨가 얼버무리는 형태로 끝내 버렸지만.

"그러니까, 그런 공개 석상에서 에둘러 질문해 봤자 기대하시는 답은 드릴 수 없다니까요. 정식으로 의뢰해 주셨더라면 오늘 카쿠시다테 씨에게 한 것과 똑같은 이야기를 할 수 있었을 거예요. **그런데도**… 그녀는, 그렇게 하지 않았죠."

"……."

"'할 수만 있다면 그렇게 하고 싶었다'. 그럼, 왜 **할 수 없었을 까요?**"

의뢰하고 싶어도 의뢰할 수 없는 사정이 있었다?

금전적인 사정일까?

아니, 하지만 대차 탐정 무토 씨라면 모를까 망각 탐정 쿄코 씨라면, 물론 싸지는 않다지만 결코 엄두도 못 낼 만큼 높은 의뢰비는 아니다. 자신의, 혹은 좋아하게 된 사람의 인생이 걸렸다면 절대 내지 못할 금액은 아닐 것이다.

그런 고급 레스토랑에서 나와 식사했던 일을 생각하면.

여섯 번째 사람, 결혼을 약속할 만한 상대가 나타난 단계에서 미리 쿄코 씨에게(혹은 다른 탐정에게) 자신의 신변 조사를 의뢰했다 해도 이상할 것은 전혀 없었다.

그런데 그녀는 그렇게 하지 않고.

어이없게도 내게 프러포즈하는 길을 택했다.

"네. 그런 길을 택하다니, 대체 얼마나 고물 내비게이션 시스템을 탑재하고 있는 건지 고개를 갸웃하지 않을 수 없어요. 혹은 자기 징벌적인 파멸 욕구라도 있는 것일까요. 구제 불능인 남자와 결혼하여 지금껏 사귀어 왔던 남성들에게 속죄하려 하다니…."

"…저기, 쿄코 씨. 확인해 두겠는데요, 당신은 제게 사과하러 온 거죠?"

"엄밀하게는 사과하러 온 것이 아니에요. 받은 요금만큼 일을 하지 못했을 가능성이 우려되어 확인을 하러 온 거예요. 다만, 안타깝게도 별로 후련해지지가 않네요. 뭔가 근본적인 것을 놓친 느낌인데…."

거기서 쿄코 씨는 쭉 기지개를 켰다.

졸음이 한계에 달하여 머리가 제대로 돌아가지 않게 되었는지도 모른다. 보통은 한바탕 자고 일어나는 게 좋지 않겠느냐고 권할 상황이지만, 망각 탐정의 경우에는 그럴 수 없다.

그렇게 하면 사건의 개요를, 품었던 위화감까지 통째로 잊어버리게 된다. 그나마 개요는 다시 입력하면 복구할 수 있다고도 할 수 있지만, 위화감까지 잊어버리는 건 곤란하다.

개요는 내가 설명할 수 있다고 해도 위화감은, 더 나아가 직감은 쿄코 씨만의 것이다. 더욱이 '오늘의 쿄코 씨'만의 것이다.

어떻게 해도 내일로는 가져갈 수 없다.

"아니요…. 그 플랜은, 의외로 나쁘지 않을지도 몰라요."

라며 쿄코 씨는 이쪽을 보았다.

"차라리 일단 전부 잊어버린다는 것은. 제가 '똑바로 처리하지 못했을지도 모른다'라며 자신의 일처리에 자신감을 갖지 못하는 것은 카쿠시다테 씨에 대한 혐오감에서 비롯되었으니까. 그 것을 완전히 없애고 사건을 다시 마주한다는 것은 결코 있을 수 없는 일이 아니에요."

아, 과연.

오해가 풀려도 인간은 감정에 연연하고 만다. 감정이란 어떻게 할 수 없다고는 하지만, 쿄코 씨만큼은 그 감정을 어떻게 할 수 있었다.

지금에 와서 생각해 보면 명백하듯이, 내 의뢰 방법에 문제가 있었기에 이런 복잡한 사태가 초래되었다. 스타트 지점에서의 돌입이 좋지 않았다. 가장 빠른 탐정에게 있어 최악의 의뢰인이었다.

따라서 큰마음 먹고 리셋한다. 위화감과 함께 혐오감을 리셋한다.

인생에 리셋 버튼은 없다는 격언에 정면으로 반기를 드는, 망각 탐정에게만 허용된 비법이다. 돌이킬 수 없을 만큼 각인되어 버린 카쿠시다테 야쿠스케에 대한 혐오감이 쿄코 씨의 머릿속에서 불식된다면, 나로서는 그보다 더 만족스러운 일은 없다고 말할 수밖에 없다.

뭐, 이로써 사태에 큰 변혁이 초래된다는 보장은 없다. 그런 의미에서는 다소 리스크가 큰 비법이기도 하다.

위화감을 잊는다. 혐오감을 잊는다.

어느 하나만 선택할 수는 없다.

혐오감을 불식함과 동시에, 놓친 것이 있지 않을까 하는 불안마저 불식해도 좋을지 어떨지 나로서는 판단이 서지 않는다.

그야 같은 결론에 이른다면 그렇게 해도 상관없다고도 말할 수 있지만….

"그렇군요. 그렇다면 부진 모드를 단지 리셋만 할 것이 아니라, 이왕이면 약진 모드로까지 끌어올렸으면 해요."

"약진 모드?"

"네. 아예 초약진 모드로까지… 흐~음. 뭐, 따지고 보면 제 오해가 발단이 된 셈이니… 네. 어쩔 수 없네요. 여기서는 꼼수 중에서도 별로 칭찬받을 게 못 되는 꼼수를 쓸까요."

졸음을 떨치듯 백발 머리를 붕붕 흔들더니, 쿄코 씨는 결심한 듯 내게 작성한 플랜을 이야기했다.

"카쿠시다테 씨. 매직을 빌릴 수 있을까요? 그리고 또, 상의를 벗어 주세요."

3

매직을 빌려 달라는 것은 뭐, 알겠다. 아마 '리셋'하기에 앞서, 이제는 익숙해진 비망록을 오른팔에 쓰려는 것이리라(왼팔에는 예의 그 문장이 적혀 있다. '나는 오키테가미 쿄코. 25세. 오키테가미 탐정 사무소의 소장. 기억이 하루마다 리셋된다'). 손님용 커틀러리는 없지만 펜 정도라면 얼마든지 있다.

그런데, 상의 탈의?

웬 상의 탈의?

지금까지 나눈 대화 속에 단 하나라도, 내가 상의를 벗어야만 하는 교묘한 복선이 과연 깔려 있었던가?

어째서냐고 묻고 싶었지만, 반문은 허락되어 있지 않았다. 왜냐하면 쿄코 씨가, 실내에 들어와서도 쭉 입고 있던 롱 코트를 내 대답도 기다리지 않고 벗었기 때문이다.

감추었던 파자마 차림을 아낌없이 공개해 주었다.

계절이 계절이니만큼 상당히 방한성이 결여된, 다른 말로 하면 노출이 많은 나이트웨어였다. 평소에는 기본적으로 긴소매에, 스커트든 바지든 기장이 긴 하의를 즐겨 입는 쿄코 씨지만, 사적인 잠옷만큼은 예외인 듯 민소매에 퀼로트풍의 파자마였다.

비침은 거의 네글리제 수준이라고 해도 좋다.

안경을 낀 것이 믿기지 않을 만큼 정말 허겁지겁 왔다고밖에 생각할 수 없는 쿄코 씨의 서비스 숏이었다. 쿄코 씨는 파자마도 포함하여 같은 옷을 두 번 입지 않는 걸까.

이렇게 귀한 장면을 보고 나니 무가치한 내 상반신을 드러내려 하지 않을 핑계는 온 세상 어디를 뒤져 봐도 찾을 수 없었다.

아니, 내가 상의를 탈의해야 하는 이유를 모르겠는 것과 마찬가지로, 쿄코 씨가 이 상황에서 파자마 차림이 되는 이유도 전혀 모르겠는데.

팔과 다리에 비망록을 남기기 위해서라면 코트를 걷어 올리는 것만으로도 충분했을 텐데. 아, 그래, 잘 생각이기 때문인가?

그래서 지금 니 삭스도 벗으려는 건가?

그럼 쿄코 씨는 여기서 잘 생각?

철저히 평범하게 위장된 이 클린 룸에서?

"네. 카쿠시다테 씨의 플랜을 개선한 제 플랜에 따르면 이곳에서 잘 수밖에 없어요. 그러니까 이따 이불도 빌려 주세요."

"그, 그야, 상관없지만."

상관없나?

물론 방석도 없는데 손님용 이불이 있을 리 없다. 산술적으로 내 이불을 제공할 수밖에 없게 된다.

그렇지만 혐오감을 미처 지울 수 없는 상대의 이불에서 쿄코 씨가 잘 수 있으려나? 아니, 그 혐오감을 리셋하기 위한 수면이

기는 한데. 그건 그렇고 쿄코 씨의 플랜에 따르면 나는 어디에
서 자게 되어 있을까?

"그건 뭐, 이 주변에서 마음대로 주무시지 그러세요?"

노 플랜인 듯했다.

아직 싫어하는 기억이 리셋되지 않았으니 어쩔 수 없는 조치
이다. 상의를 탈의한 상태로 방치하질 않나.

그런데 '이 주변'이라는 것은 근처 호텔에서라는 의미가 아닌
모양이다. 이 클린 룸에서, 라는 뉘앙스 같다.

싫어하는 사람의 이불에서 자는 것은 참으면 되지만, 싫어하
는 사람 옆에서 잔다는 것은 꽤 위험한 플랜인데… 요컨대, 눈
을 떴을 때 바로 옆에 내가 있을 필요가 있는 플랜인가?

"네. 대략 그런 느낌이에요. 위험한 것은 인정하지만, 받은 돈
만큼 일하지 않았다는 느낌은 제게 참기 힘든 고통이라서요."

"네…. 그럼 그렇게 느낀 괴로움만큼 거스름돈을 주시면 저는
그것으로도 충분한데요."

"거스름돈을 건네는 건 제게 영혼의 죽음이에요."

딱 잘라 말했다.

뭘 딱 잘라 말하는 거야.

거스름돈 정도는 주라고.

내 시선, 즉 혐오하는 자의 항의 어린 시선에는 괴로움이 따르
지 않는 듯, 쿄코 씨는 내가 건넨 매직으로 오른팔 아랫부분에

거침없이 문장을 쓰기 시작했다(쿄코 씨는 어느 쪽 손으로든 거의 비슷하게 글씨를 쓸 수 있다). 카코이 토시코 씨의 남성 편력을 모두 적으면 글자 수가 꽤 많아지므로 오른팔만 가지고는 안 될지도 모른다. 그야 여섯 명, 여섯 건에 달하는 사건부이다.

써 봤자 두 건일 거라고 생각한다.

그다음은 다리에 쓰려나? 뭐, 파자마 차림인 현재로서는 두 다리 모두 드러나 있으므로 여백에는 부족함이 없겠지만.

"아니요, 사건을 자세히 적을 생각은 없어요."

쿄코 씨는 또다시 딱 잘라 말했다.

아니 뭐, 이번에는 딱 잘라 말해도 되는 국면이지만, 그 이유를 묻지 않을 순 없다.

어째서? 그렇게 되면 정말 처음부터 다시 해야 한다. 또 여섯 시간을 들여 모든 것을 조사하겠다는 건가? 나에 대해 조사하지 않는다면 엄밀하게는 네 시간이지만….

"어떤 것을 조사할지는 '내일의 저'에게 달려 있지만요. 모티베이션이 낮던 '오늘의 저'는 안타깝게도 믿을 수 없으니까. 메신저로서도 그렇고요. 그렇다면 쓸데없이 비망록을 남겨서는 안 되겠죠."

그쪽은 노 플랜이 아니라 노 힌트라는 건가.

"단, 완전히 제로에서 스타트를 끊을 생각은 없어요. 말했죠? 칭찬받을 게 못 되는 꼼수를 쓸 생각이라고. 그러니까 최소한의 것은 카쿠시다테 씨가 알려 주세요."

"……? 제가 설명해도 되나요? 의뢰 내용뿐만이 아니라 쿄코 씨가 했던 해설도?"

"네. 그러는 편이 '내일의 저'는 모티베이션이 올라갈 것 같거든요."

"……?"

의미 불명이다. 싫어하는 내 설명을 듣고 모티베이션이 올라간다는 것이… 아니, 그러니까 내일이 되면 이제 혐오감이 소멸될 거라지만, 정보를 공평하게 받아들일 수 있는 중립적인 상태가 된다는 것일 뿐 모티베이션 상승으로는 이어지지 않는 게 아닐까?

애당초 오늘 의뢰에 대한 사건 기록을 쓰는 게 아니라면 지금 쿄코 씨는 오른팔에 뭘 쓰고 있는 거지?

이 각도에서는 보이지 않는다… 그렇다고 상반신을 탈의한 채, 얄팍한 파자마 차림의 여성을 등 뒤에서 들여다볼 용기는 내게 없었다.

"자, 다 썼어요. 일단 확인해 주세요. 한자는 이거 맞죠?"

그렇게 말하고 쿄코 씨는 매직의 뚜껑을 닫더니 오른팔 안쪽을 내게 보였다. 그곳에는 웬걸, 내 이름이 쓰여 있었다.

'隱館厄介', 카쿠시다테 야쿠스케라고.

한자는 틀리지 않았다.

뭐, 사실 이것 자체는 전혀 예상치 못한 것도 아니다. 아니, 그렇다기보다 그렇게 해 주지 않으면 곤란하다.

의뢰인인 내 이름과 이 집을 찾은 경위 등을 어딘가에 써 두지도 않았는데 눈을 떴을 때 웬 모르는 집에 있고 웬 모르는 남자가 옆에 있으면, 아무리 쿄코 씨라도 앞뒤 상황을 파악할 수 없게 될지도 모른다. 언젠가처럼 '신뢰할 수 있는 사람'이라는 단서를 남겨 달라고는 안 할 테니 내가 클라이언트라는 것쯤은 명기해 주지 않으면 곤란하다.

아무리 졸려도 쿄코 씨가 그런 걸 빠뜨릴 리가 없나 싶어서 가슴을 쓸어내렸지만, 그럴 때가 아니었다.

'신뢰할 수 있는 사람' 정도가 아니었다.

쿄코 씨의 오른팔에 쓰인 내 이름, '카쿠시다테 야쿠스케'의 주위로는 빙글빙글 이중으로 동그라미 표시가 되어 있었다. 마치 그것이 매우 중요한 이름이라도 되는 것처럼.

그뿐만이 아니라 '절대로 잊고 싶지 않은 이름!'이라느니 '내 이름은 잊더라도 이 이름만큼은 기억해 둬!'라느니 '세상에서 제일 소중한 사람의 이름!'이라느니 '전폭적으로 신뢰할 수 있는, 모든 것을 맡길 수 있는 사람의 이름!'이라는 글귀가 내 이름을 둘러싸고 있었다.

비망록에는 있을 수 없는 이 느낌표의 난무를 과연 뭐라고 하면 좋을까.

그래, 이건 그거다.

흡사, 히로인이 기억을 잃는 유의 로맨스 영화에서 연인이나 약혼자, 또는 남편을 잊고 싶지 않은 주인공이 필사적으로 기억을 붙들어 매고자 눈물을 흘리면서 쓰는 애처로운 글귀 같았다.

그러나 물론 나는 쿄코 씨의 연인이 아닐뿐더러 약혼자도 아니고, 하물며 남편일 리도 없었다. 어린이집에 다니는 외동딸의 아버지는 내가 아니다.

카쿠시다테 야쿠스케라는 어디에나 있을 법한 이름이(자학) 쿄코 씨에게는 자신의 이름을 잊더라도 기억해 두고 싶은 이름일 리가 없고, 세상에서 제일 소중한 사람의 이름일 리도 없다. 이거 뭐야, 라는 감상밖에 나오지 않는다.

그리고 '전폭적으로 신뢰할 수 있는, 모든 것을 맡길 수 있는 사람'이라니… '이건 신뢰할 수 있는 사람' 정도가 아니다.

그야 보디가드인 나이스 가이로부터 어느 정도의 경위는 들었을지 모르지만, 이렇게까지 신뢰받게 되면 당황스러운 정도가 아니다.

모든 것을 맡기게 둘 순 없다.

뭐야, 이 비망록. 읽는 쪽이 부끄러워질 만큼 순 거짓말투성이지 않은가. 그것도 그냥 거짓말이 아니다, 이 레벨의 거짓말을 했다가는 그 누구도 다시는 믿어 주지 않겠지 싶을 만큼 큰 거짓말이다.

"네. 이것은 큰 거짓말로 된 비망록이에요. 하지만 '내일의 저'
에게는 이것이 흔들림 없는 진실이 될 거예요."

"……."

"즉, 카쿠시다테 씨에게 혐오감을 가진 채 부진 모드로 한 조
사에 후회가 있는 '오늘의 저'로서는, '내일의 제'가 카쿠시다테
씨에게 호감을 갖고 일에 초약진 모드로 임해 주었으면 해요."

모티베이션.

영문을 알 수 없다… 아니, 알기 쉬운 일이다.

아주아주 알기 쉬운 일이다. 알기 쉬울 따름이다.

싫어하는 녀석을 위해 일하는 것보다 좋아하는 사람을 위해
일할 때 능률이 오른다는 것은 누구에게나 당연하다.

사회인이란 회사에 근무해서 사회인이 아니라 사회성을 가져
서 사회인인 것이다. 인간관계와 커뮤니케이션 능력, 커넥션이
가장 중요하다.

즉, '당신을 위해서'라는 말이 꼭 위선적이라고 할 수는 없다.
하지만, 그렇다 해도, 이 방법은….

"좀, 치사한 느낌이…."

"네. 그래서 꼼수라니까요. '내일의 저'에게 말을 잘 맞춰 주
셔야 해요. 당신은 제가 저의 몸보다도 소중히 여기는, 전폭적
으로 신뢰하는 분이니까요."

신뢰 관계를 쌓는 수고(여기서는 굳이 '수고'라고 말하겠다)를

대담하게 생략하고 자신의 감정을 마치 게임 파라미터처럼 자유자재로 컨트롤하겠다는 것이니, 치트 행위도 정도껏이다.

오해에서 비롯된 나에 대한 혐오감을 리셋할 뿐만 아니라, 거짓 호의로 무리하게 덮어쓰기 할 줄이야….

치사한 것을 뛰어넘어 비겁하다거나 더럽다거나 하는 레벨의 플랜이다. 모리아티 교수라도 이런 악행은 안 하지 않을까 싶은, 그야말로 혐오스러운 유해 행위다.

하지만 쿄코 씨는 전혀 부끄러워하지 않고,

"'내일의 저'는 당신을 위해 온 힘을 다하여 사건 해결에 임하겠죠. 그럼, 마무리예요."

하며 또다시 펜을 집어 들었다.

그러다 문득 생각났는지 "이쪽이 더 그럴듯할까요." 하며 내가 빌려준 그 펜을 옆에다 놓고 아까 벗은 롱 코트의 주머니를 뒤졌다.

쿄코 씨가 꺼낸 것은 작은 파우치였다. 아무래도 화장품을 넣는 파우치인 듯하다. 결국 맨얼굴로 와 버렸다고는 해도 클라이언트의 집을 찾으면서 화장품쯤은 갖고 있었던 모양이다. 아무리 쿄코 씨라도 히치하이킹한 차 안에서 화장 도구를 꺼낼 수는 없었으려나. 마무리라는 건, 그럼 메이크업일까? 하지만 이제 자려는 마당에 화장을 하다니… 보통은 반대 아닌가?

"오래 기다리셨죠?"

라며 쿄코 씨가 파우치에서 꺼내 든 것은 한 개의 루주, 옅은 핑크색 립스틱이었다. 정확하게는 더 세분화된 분류가 있겠지만 색상 견본집이 없는 내가 보기에 핑크는 전부 핑크다.

"립스틱을… 바르려고요? 지금?"

"카쿠시다테 씨. 〈루주의 전언傳言〉이라고 아세요?"

도무지 의도를 읽을 수 없어서 그저 당황하는 나를 무시하듯, 쿄코 씨는 요즘 곡을 모르는 그녀답게 빛바래지 않는 명곡*을 예로 들었다.

"오른팔에 쓸 수 있는 분량에는 한계가 있고, 그것만 가지고는 설득력이 떨어질지도 모르니까."

쿄코 씨는 돌려 뺀 루주를 오른손에 들고 엉금엉금 기어 상의를 탈의한 내게로 다가왔다. 그리고 루주 끝을 내 가슴팍에 가져왔다.

"전폭적으로 신뢰할 수 있는 큼직한 게시판에 장문으로 사랑의 메시지를 써 둘까 하거든요. 큰 거짓말로 된 비망록, 아니, 결국에는 오키테가미 쿄코의 혼인신고서이려나요."

4

※〈루주의 전언〉은 아라이 유미가 1975년에 발표한 싱글곡으로 애니메이션 〈마녀 배달부 키키〉의 주제곡으로도 쓰였다.

   '이 사람은 카쿠시다테 야쿠스케 씨. 야쿠스케 씨! 완전 내 타입. 만나기 전부터 첫눈에 뿅, 최~고로 다정한 이상 속의 프린스. 좋아좋아좋아좋아! 눈이 마주치기만 해도 행복해, 항상 꼭 껴안고 있고 싶어. 야쿠스케 씨가 없으면 안 돼! 절대 미움받고 싶지 않아! 야쿠스케 씨에게 미움받으면 살아갈 수 없어. 야쿠스케 씨에게 버림받으면 내 인생은 끝장. 야쿠스케 씨를 위해서라면 나는 무엇이든 해 줄 거라고 몇 번이든 말할 거야. 전력을 다하고 싶어, 전력으로 헌신하고 싶어. 진심으로 좋아해, 뼛속까지 사랑해. 야쿠스케 씨의 신부가 되는 것이 내 꿈이랍니다.

×○×○ 오키테가미 쿄코●'

  ● 부분에는 키스 마크가 들어감.

오키테가미 쿄코의

혼인신고서

제5화

카쿠시다테 야쿠스케, 거절을 하다

1

망각 탐정이 고심 끝에 적은 바보 같은 글귀로 내 가슴팍이 핑크색으로 물든 때로부터(게시판으로 사용된 가슴팍뿐만 아니라 전신이 삶은 문어처럼 핑크색으로 물들었지만) 약 18시간 후, 즉 '이튿날' 오후 9시, 나는 잡지 기자이자 저널리스트며 유능한 인터뷰 진행자인 카코이 토시코 씨와의 약속 장소에 도착했다. 앞으로 전개될 협상 내용을 생각하면 약속 장소라기보다는 결투장이라고 말하는 게 더 진실성을 띨지도 모르지만.

진실. 무거운 말이다.

장소는 사태의 발단이 된 구혼 때와 마찬가지로 고급 레스토랑의 개별 룸이었다. 예약은 해 두었다면서 당시와 같은 식당을 지정한 것으로 보아 이미 싸움은 시작된 듯하다. 개별 룸의 위치까지 동일하다는 로케이션 설정 스킬은 뭐랄까, 그녀의 기자로서의 능력이 십분 발휘된 것 같아서 흥분 때문이 아니라 공포 때문에 전율하지 않을 수 없었다.

약속에는 일찌감치 도착하는 것이 매너라는 설과 늦게 가는 것이 매너라는 설 모두 일리가 있다고는 생각하지만, 이번에는 사정이 사정이니만큼 조금 일찌감치 도착하여 카코이 씨를 기다리려고 했는데, 물론 카코이 씨는 개별 룸 안에 숨어 나를 기다리고 있었다. 여섯 시간 전부터 식당에 있었다고 해도 선뜻 납득이 갈 만큼 위엄 있는 모습으로 떡하니 자리에 앉아 있었다.

게다가 감정이 억눌린 철가면 같은 무표정으로 나를 맞이한 것은 뭐 당연하다고 해도, 저번에는 그토록 맛있는 음식이 한 상 가득 차려져 있더니, 이번에는 보이스 레코더가 한 상 가득 벌여져 있었다.

취재 때에는 두 대였던 보이스 레코더는 녹음 준비가 갖춰진 스마트폰까지 포함하여 총 다섯 대 놓여 있다. 상거래 세계에는, 훗날 말을 했네 안 했네 하는 문제가 일어나지 않도록 협상 내용을 명확히 녹음하는 관행이 있다고 들었는데, 이 구도는 앞으로 내가 할 해명을 낱낱이 기록하여 경우에 따라서는 일을 벌이겠다, 녹음을 함으로써 훗날 문제의 씨앗으로 삼겠다는 생각이 엿보이는 예리한 포메이션이었다.

목소리로 먹고 사는 배우일지라도 말 한마디 하기 싫을 상황 설정이라고 할까, 혹시 허락된다면 발길을 돌려 온 힘을 다해 도주하고 싶었지만, 오늘의 내게 그런 짓이 허락되어 있을 리 없었다. 사형수가 전기의자에 걸터앉듯 얌전하게 카코이 씨 정면에 앉을 뿐이었다.

단, 어젯밤 오후 8시에 파멸이 선고된 시점에서 대략 만 하루가 경과하여, 이 사형수에게는 살아남기 위한 역전의 조건이 생겨 있었다.

"잘 오셨어요. 그 각오만큼은 칭찬해 드리죠. 제가 카쿠시다테 씨를 칭찬하는 것은 이번이 마지막이에요."

혹시 무언가의 착각으로 카코이 씨의 기분이 풀리지는 않았을까 하는 엷은 기대는, 그녀가 꺼낸 말을 듣는 한 물거품처럼 사라질 수밖에 없을 것 같았다.

머리카락 색에 맞춘 듯, 혹은 현재 심경에라도 맞춘 듯 상복처럼 새까만 복장으로 나타나기도 했고. 어쩌면 상복 그 자체인지도 모른다. 그렇지만 뭐, 웨딩드레스 차림으로 나타나는 것보다는 무섭지 않다면서 나는 자신을 고무하기로 했다.

"저기….."

"우선은 일 이야기 먼저 끝내 버리죠. 이것이 인터뷰 원고예요. 다음 주까지 돌려주시면 돼요."

마음을 굳게 먹고 이야기를 시작하려는데, 살짝 타이밍이 엇갈려서 카코이 씨가 절차에 들어갔다. 빠릿빠릿한 그 일처리 솜씨가 지금은 그저 심술을 부리기 위해서만 기능했다.

뭐, 그러나 한편으로 그것은 매우 올바른 순서였다. 본론으로 들어간 다음에는 설령 어떤 식으로 전개가 뒤집히든 일 이야기로는 도저히 돌아올 수 있을 것 같지 않으므로.

어느 한 사람은, 혹은 우리 둘 다 무사하지는 못할 것이다.

건네받은 봉투 안을 가볍게 확인하니 인터뷰 원고는 화자가 나라는 것이 믿기지 않을 만큼 읽기 쉽게, 느낌 좋게 완성된 듯했다. 구성의 묘妙라고 할까, 내가 한 말인데 빨려 들어간다. 게

다가 '여기를 사용해 주면 좋겠다!'라고 생각하며 말한 부분이 딱 사용되어 있었다. 놀랐다.

관계가 그 지경으로 틀어져서 인터뷰 원고에 엉망진창으로 써 놓지 않았을까 하는 불안도 있었으니까. 그녀가 원고를 끝낸 것은 물론 틀어지기 전이지만, 고쳐 쓸 시간은 만 하루 있었으니까.

프로로서 부끄러운 짓은 안 한다는 저널리스트로서의 긍지일까.

물론 앞으로 내가 할 해명에 따라서는 보도 기자로서 나를 가차 없이 파멸시키겠지만….

그 후, 기사 게재까지의 스케줄 확인 등 사무적인 대화를 사무적으로 마치고, 주문한 음식이 얼추 나온 시점에서,

"그럼, 시작해 주세요. 카쿠시다테 씨. 당신은 어떤 식으로, 어떤 이유로 제 프러포즈를 거절하실 거죠?"

라고 그녀는 말했다.

자리의 주도권은 어디까지나 쭉 자신이 잡고 있고 싶은 모양이었다. 단, 나도 카코이 씨의 말대로 그냥 순순히 해명할 수는 없다.

상황은 일변했다.

백발 탐정에 의해 뒤집어졌다. 역전은 이미 끝났다.

…그렇지만, 엄밀히 말하면 아직 선택지가 있었다.

내가 아니라 카코이 씨에게 선택지가 있었다.

불성실하게 굴었던 어리석은 내게는 이 자리로부터 허둥지둥 달아난다는 선택이 허용되어 있지 않지만, 카코이 씨에게는 아직 그 여지가 있다.

해결 편을 듣지 않고 떠난다라는, 추리소설에서는 있을 수 없는 행위가 현 시점에서는 아직 그녀에게 허용되어 있다.

그 점을 고지하지 않고 해명을 개시하는 것은 별로 공평하지가 않다.

"카코이 씨, 지금이라면 아직 늦지 않았습니다."

"네?"

"당신은 제 각오를 인정해 주었어요. 그런데 당신 자신의 각오는 되었나요?"

나는 그녀를 마주한다. 마주한다.

애당초 어젯밤의 시점에서도 전화로 할 만한 말은 아니었으리라. 타이밍을 가늠한 듯 갑작스런 전화에 갈팡질팡했지만, 이렇게 직접 마주하고 이야기했더라면 그 후의 전개가 조금은 달라졌을 가능성도 있다.

그런 의미에서도 나는 이미 결정적으로 늦었지만, 카코이 씨는 아직 늦지 않다….

"원래는 '알 권리'에 봉사하는 당신에게 할 말이 아니지만, 당신에게는 '알지 않고 끝낸다'라는 권리가 있어요."

"……."

"당신은 저를 빼도 박도 못 하는 상황으로까지 몰아넣었어요. 저 같은 겁쟁이라도 자기방어를 위해 반격하지 않을 수 없는 상황으로까지… 파멸시키겠다는 협박에 고분고분 잠자코 따를 수 있는 사람은 없어요. 각오는 되었나요? 반격을 받고 자신이 파멸해 버릴지도 모른다는 각오는."

"…협박하는 건가요?"

두서없는 내 말에 불쾌한 듯 대꾸하는 카코이 씨. 나는 기죽지 않고 "협박한 것은 당신입니다. 그래서 이렇게 되어 버렸죠."라고 가르쳐 주었다.

"가소롭네요. 카쿠시다테 씨, 당신은 줄곧 자신이 파멸하는 것이 훨씬 마음 편하다고 생각하며 살아왔어요. 좋아하게 된 사람이 파멸하는 것을 하릴없이 바라만 보느니 차라리 자신이 파멸하기를 줄곧 바라 왔어요."

카코이 씨는 나를 세차게 쏘아보았다.

"만약 카쿠시다테 씨가 저를 파멸로 이끌 말을 준비해 오셨다면, 부디 사양 말고 저를 파멸시켜 주세요. 그렇게 하지 않으면 제가 당신을 파멸시키겠어요. 이전의 여섯 명과 마찬가지로."

"……."

그 여섯 명의 대부분은 사실 파멸하지 않았다는 데까지는 이미 어젯밤의 시점에서 설명이 끝났는데도 전혀 머릿속에 입력되지 않은 듯했다. 아직도 그녀는 속박을 풀지 못했다.

그럼에도 역시 카코이 씨는 속박을 풀기보다는 파멸하는 길을 선택했다. 파멸을 원했다. 이렇게 되면 어쩔 수 없다.

즉, 내가 할 수 있는 일은 한정되어 있고, 카코이 씨를 구제하는 것은 그중 하나가 아니라는 의미였다. 따라서 파멸시킬 수밖에 없다.

결코 영웅이 된 기분에 취하거나 하지는 않을 테다. 몸을 지키기 위해, 그래도 이런 내게 구혼해 준 상대와 적대적으로 싸울 뿐이다.

신뢰하는 친구에게서 소개받은, 일솜씨에 호감이 갔던 상대와 파멸을 걸고 싸울 뿐이다. 뭐.

이런 일은 살다 보면 종종 있는 일이다.

늘 있는 일은 아니지만, 늘 있어도 이상하지 않은 일이다.

싫어하는 상대나 열 받는 놈만 적대할 수 있다면 대체 얼마나 좋을까….

"자. 서론은 이제 되었겠죠, 카쿠시다테 씨. 어서 시작해 주세요. 제 구혼을 매몰차게 거절해 주세요."

"…거절하기 전에, 거론해 두겠습니다만."

카코이 씨는 그렇게 '칭찬해' 주었지만, 진정한 의미에서 내 각오가 다져진 것은 이때였으리라.

"지금부터 제가 하는 말은 어제에 이어 망각 탐정, 카코이 씨도 잘 아시는 오키테가미 쿄코 씨에게서 빌린 지혜를 전제로 생각된 것입니다.”

“…네?”

아랫입술을 깨무는 듯한 형태로 유지되던 무표정이 순간 본모습으로 돌아왔다. 거기까지 생각한 것은 아니겠지만, 분명 의외였으리라.

그녀의 팬이면 팬일수록 잘 알게 마련이다.

오늘밖에 없는 쿄코 씨가 카코이 씨의 신변 조사를 ‘어제에 이어’ 계속한다는 것은 원래 있을 리 없는 일이니까.

있어서는 안 되는 일, 이라고 해도 과언이 아니다.

그러나 아니다. 그렇지 않다.

그 어떤 룰도 뒤엎을 수 있을 정도로, 온갖 법칙을 뒤집을 수 있을 만큼… 위대하다.

사랑의 힘은 위대하다.

나는 내 가슴팍을 만지며 그렇게 생각했다.

“그럼 시작할까요. 카코이 토시코 씨… 당신을 파멸시키겠습니다, 초고속으로.”

초고속이라도 이미 늦었을지 모르지만.

2

“과연, 그렇군요. 제가 망각 탐정으로서 이번에 담당한 것은

그러한 양상의 사건인가요? 역시 야쿠스케 씨의 설명은, 친애
하는 저의 야쿠스케 씨의 설명은 홀딱 반할 만큼 이해가 쉽네
요. 청산유수란 바로 이것이죠. 쉽게 할 수 있는 일이 아니에요.
이중 수고를 감수해야 함에도 불구하고 저를 위해 애써 주셔서
감사합니다. 감사하는 마음이 끊이지 않고말고요."

내 가슴팍에 두서없이 이것저것 써넣고 나서 새벽녘까지 푹
잔 끝에 개운하게 일어난 쿄코 씨는, 청산유수와는 거리가 먼
내 변변찮은 언변으로 사건의 개요 및 '어제의 쿄코 씨'가 얻어
낸 조사 결과를 다 듣자마자 그렇게 말하면서 내 손을 잡았다.

꽉 움켜잡았다. 강하게 뜨겁게.

스킨십에 주저가 없고, 애초에 거리가 너무 가깝다.

사건 도중에 쿄코 씨가 잠들어 버려 이중 수고를 감수하면서
프레젠테이션한 적은 지금까지 두세 번 정도가 아니었지만, 그
런 부분에 비교적 뻔뻔스러운 쿄코 씨로부터 이렇게 제대로 인
사를 받은 적은 처음이었다(쿄코 씨의 감사하는 마음은 보통 꽤
간단하게 끊어진다).

그런 무방비한 미소를 이렇게 가까이서 본 적도 별로 없다.

상의를 탈의한 내게 미소를 지은 채 잠옷 차림으로 다가오지
말았으면 좋겠다. 하지만 그런 거절의 말을 할 수는 없었다.

나는 온 힘을 다해 말을 맞추지 않으면 안 되기 때문이다.

하여간에 그녀는 지금 나를 '이상 속의 프린스'라고 믿어 의심

치 않는다. 자신의 필적으로 쓰인 비망록을 읽고 그 사실을 '상기'했다.

그 이미지를 무너뜨릴 수는 없다.

루주로 빼곡히 낙서된 몸뚱이로 그렇게 결의해도 뭐 하나 수습되지 않지만.

"우후후."

하더니, 정좌한 쿄코 씨가 어느새 슥, 슥, 내게 더 다가붙어 있었다. 무릎끼리 맞부딪칠 것 같은 거리까지, 뺨을 붉히고, 황홀한 얼굴로.

지금까지 몇 번쯤, 쿄코 씨가 혹시 나를 나쁘지 않게 생각하는 것이 아닐까 착각할 뻔한 국면이 있었는데, 그것은 완전히 자만이었음을 확신할 수 있는 표정이다. 이것이 '황홀'이라면 지금까지의 표정은 예우의 범위 안이다.

백만 달러짜리 미소와 제로 엔짜리 스마일의 차이를 생생히 목도하는 기분으로, 그저 상처받았다.

"저, 저기, 쿄코 씨. 그래서, 들어 보니 어떠셨어요? 뭔가, 느껴지는 것이 있었나요?"

"느껴지는 것. 그건 즉, 가슴속에서 솟구치는 이 열정 말고, 말씀인가요?"

"네. 그 열정 말고요."

참고로 그 열정은 가슴속에서가 아니라 주로 오른팔 아랫부분에서 솟구치는 것이다.

"아이참. 야쿠스케 씨도 실은 알고 있으면서 내게 기회를 주려 하다니, 참 다정하다니까."

허물없이 팍팍 내 어깨를 때렸다.

기억은 리셋되어 나는 다시 '처음 뵙겠습니다'일 뿐일 텐데, 이 사람, 이상적인 상대 앞에서는 이렇게 적극적인가?

젠장.

반말이 기쁘다. 장난 아니게 기쁘다. 행복해서 죽을 것 같다.

그러나 이 꼼수는, 거의 일방적인 것이라지만 지금껏 쌓아 온 쿄코 씨와의 관계를 단숨에 망가뜨릴지도 모르는 위험성을 내포하고 있다는 생각이 들었다.

언젠가 백만 엔에 달하기를 꿈꾸며 수년간에 걸쳐 소소하게 5백 엔짜리 동전을 저금하던 중에 돌연 3억 엔짜리 복권에 당첨된 거나 마찬가지다. 이러면 인생의 의미를 잃게 된다.

노력과 무관하게 꿈이 이루어진다는 것은 뻔뻔함을 수반한다.

복권에 당첨된 사람이 이후 상당한 비율로 파멸하기 쉽다는 설은 실로 속 좁은, 질투 섞인 도시 전설로만 여겼었는데, 전설은 내 안에서 급격히 신빙성을 띠기 시작했다.

"파멸. 그래, 파멸이네… 이네요."

그래도 추리 중이라는 사실은 가까스로 의식 한구석에 남아 있는지 쿄코 씨는 다시 '요'자를 붙여 말했다.

"그 말이 이 의뢰의 키워드 같아요. '어제의 저'는 '여섯 명의 대부분은 파멸하지 않았다'라는 조사 결과를 바탕으로 카코이 토시코 씨가 말하는 '저주'가 황당무계하다는 사실을 증명했다고 여긴 모양이지만, 거기까지 추리할 수 있었다면 한 걸음 더 나아가 생각해야 했겠죠."

거기서는 평소와 같이 '어제의 저'를 다른 사람처럼 대하는 쿄코 씨였다. 이번에는 그저 다른 사람이라기보다 완전 딴사람에 가깝지만.

낙차가 엄청나다. 높낮이의 차이가.

그건 그렇고 어제는 그렇게 미움을 받았는데 다음 날에는 이토록 사랑을 받다니, 참 희한한 체험이다. 분명 프러포즈를 받은 직후 파멸 협박에 시달리는 것과 비슷한 정도로 희한하리라.

"그도 그럴 것이, 반대로 말하자면 여섯 명 가운데 두 명은 파멸한 거니까요."

"뭐, 그야…."

"여섯 명 가운데 두 명…이라고 말하면 확률적으로 낮은 것처럼 들릴지도 모르지만, 당사자로서는 단 한 번뿐인 인생에서 한 번 파멸한 셈이니까, 그 부분은 중요시해도 돼요."

"……."

듣고 보니 그 말이 맞다.

인원수의 문제가 아님을 아주 잘 안다고 생각했으나, '100명

중 99명이 살았습니다'라는 뉴스가 반드시 '한 명 정도는 괜찮겠죠?'라는 의미는 아니다. 그 한 명이나, 그 한 명의 가족 혹은 친구 입장에서는.

"어쩜, 야쿠스케 씨는 이해도 빨라. 탐정으로서 이보다 더 좋은 청자聽者는 만날 수 없겠죠."

번번이 나를 치켜세우지 말았으면 좋겠다.

알고 있는데도 착각할 것 같다.

없겠죠든 뭐든, 그녀는 탐정으로서의 활동을 전혀 기억하지 못하지만.

"으음… '파멸'했다고 표현할 수 있는 두 사람은… 초등학생 무렵의 동급생과, 사회인이 되어 만난 회사 상사인데… 하지만, 쿄코 씨."

"원하시면 그냥 쿄코라고 부르셔도 상관없어요."

"아뇨, 부디 쿄코 씨 그대로. 그 두 사람의 '파멸'이 카코이 씨의 탓이 아니라는 것도 '어제의 쿄코 씨'는 밝혀냈어요."

"카코이 토시코 씨뿐만 아니라 여러 사내 여성과도 만남을 가져 처분을 받았다는 다섯 번째 사람, 대형 출판사 시절의 상사분은 확실히 거의 자업자득이겠죠. 적어도 카코이 토시코 씨 한 사람이 책임을 져서는 안 돼요. 그렇지만 다른 한 사람… 초등학생 무렵의 동급생은 어때요?"

"어떠냐니…."

그 역시 카코이 씨에게는 책임이 없다. '어제의 쿄코 씨'의 조사에 의하면 젊은 몸이라고 하기에도 너무 젊디젊은 몸이었던 그의 투신자살은 카코이 씨가 모르는 곳에서 이루어진 괴롭힘이 원인이었으니까….

"하지만, **유서는 없었**는데요?"

쿄코 씨는 말했다.

아무리 교태 어린 포즈로 말하더라도, 그 날카로운 톤에는 의심할 여지없는… 명탐정의 예리함이 서려 있었다.

"만약 학교 측이나 지자체가 주장하는 대로 그의 투신자살 원인이 괴롭힘이 아니었다면? 억울한… 원죄였다면?"

"워, 원죄…?"

"만약 그의 투신자살 원인이 카코이 토시코 씨에게 있었다면?"

3

이것은 '어제의 쿄코 씨'가 한 조사, 그리고 분석에 놓친 부분이 있었다는 말이 결코 아니다. 실제로 종이 한 장의 지점까지는 근접했었다.

유족이 건 재판이 진행 중인 이상 꼭 학교 측과 지자체의 책임이 입증된 건 아니라는 말이라면 어제 단계에서 이미 나왔다. '우리 학교에 괴롭힘은 없었다', '자살의 원인이 괴롭힘이라고는 단정 지을 수 없다'라는 뻔한 소리가 꼭 발뺌만은 아닌 케이스 도 있다는 사실을 쿄코 씨도 나도 확실히 공유하고 있었다.

바로 얼마 전에 취재에서 말하기도 한 원죄의 가능성을 생각 하지 않았던 건 아니다. 그러나 **원죄라면**, 따로 진범이 있을지 도 모른다는 지점까지 사고를 한 걸음 더 밀고 나갔어야 했다.

오십보백보라고 할 수는 없는 커다란 한 걸음.

그 한 걸음을, '오늘의 쿄코 씨'는 내디뎠다.

모티베이션의 차이….

혐오하는 상대를 위해 일하는 것과 호감 가는 상대를 위해 일 하는 것 간에 이토록 차이가 난단 말인가.

그러나 정작 쿄코 씨는,

"어째서 '어제의 제'가 그 가능성을 놓쳤는지는 전혀 모르겠어 요. 야쿠스케 씨의 근사함에 녹아 버렸을까요."

라며 의아한 기색이었다.

본인은 사적인 감정을 끌어들였다고 생각하지 않는 모양이다. 게다가 '오늘의 쿄코 씨'는 어제와 똑같은 정보로부터 어제 깨닫 지 못한 관점을 멋지게 도출하기는 했으나, '그렇다면 어떻게 되 는 것인가' 하는 점을 아직 설명하지 않았다.

두 번째 사람의 자살 원인이, 그녀?

괴롭힘이 원인이 되어 몸을 던졌다는 가정이 '알기 쉬운' 데 비해, 사귀던 여자가 원인이 되어 몸을 던졌다는 가정이 '알기 어려운' 것은 아무래도 부정하기 힘들다.

"네. 그렇지만, 야쿠스케 씨. 애당초 둘 사이는 '사귀었다'라고는 할 수 없을 정도의 관계였다…고 하셨죠?"

"…네. 뭐. 세 번째, 고교생 때까지의 교제는 귀여운 것이었다나… 있는 그대로를 말하자면 '사이좋은 남자와 여자' 정도였음은 추측할 수 있죠."

초등학생 시절이라면 더욱 그랬으리라.

역할놀이에도 못 미치는 소꿉장난 같은 교제였을 가능성도 있다. 그런데 그게 어쨌다는 거지?

대학생 시절과 사회인 시절에 비해 관계의 깊이가 더 얕다면 '파멸'의 책임도 더 얕게 봐야 한다고 생각하는데.

"천천히 설명해 드릴게요. 당신의 쿄코는 클라이언트의 기대를 배신하는 짓을 하지 않아요."

"…그거 든든하네요."

나는 수긍했다. '당신의 쿄코'라는 일인칭은 무시했다. 쿨한 남자로 보였을까. 상반신을 탈의한 채이지만(어떤 의미에서는 쿨하다).

"하긴, 별로 뒷맛이 좋은 이야기는 못 되지만… 카코이 토시코 씨에게 잔혹한 행위를 하게 될 거예요. 하지만 그렇다고 해서 야쿠스케 씨가 파멸하는데 제가 멀뚱멀뚱 바라만 보고 있을 수는 없으니까요."

"잔혹…이요?"

결과적으로 엄청나게 잔혹한 사태가 빚어졌다고는 하나, 어제 단계에서라면 있지도 않은 저주에서 그녀를 해방시킬 수 있지 않을까 하는 희망이 카코이 씨의 신변 조사에는 아직 있었다. 그것이 뒤집힌다는 것은 확실히 기분 좋은 일이 아니다.

그러나.

"부탁합니다, 쿄코 씨. 뒷맛이 나쁘든 기분이 나빠지든 의뢰인으로서 제가 제 책임으로 받아들일 테니, 부디 저도 알 수 있게끔 남김없이 설명해 주세요. 당신이 한 추리를요."

"멋져라. 새삼 반했어요."

손을 마주하여 뺨에 대고 그런 소리를 하는 쿄코 씨. 도무지 심각해지지를 않는다.

단, 추리는 명징하다.

"우선 처음으로, 솔직히 까놓고 말해서 카코이 토시코 씨처럼 생각하는 사람 자체는 결코 드물지 않아요. 명백하게 자기 한계를 넘어선 영향력을 '자각'하는 분들이죠… '내가 흥미로워한 음악은 히트하지 않는다'라든지 '내가 좋아하게 된 만화는 연재가 중단된다'라든지 '내가 응원하는 연예인은 메이저가 되지 못한다'라든지 '내가 시합을 보러 가면 연고지 팀이 진다'라든지. 책임감이 과하신 모든 분들."

"…네, 뭐, 그건 알겠어요. 그보다 뭐, 많든 적든 누구에게나 그런 경향은 있다고 생각하는데요. 지금 말씀하신 건 부정적인 사례뿐이었지만, '그 사람은 내가 성원을 보내 유명해진 것이다'라는 식으로 자기 영향력을 긍정적으로 해석하는 사람도 있잖아요?"

"물론이에요. 단, 사회 구조상 이 세상에는 성공하는 사람보다 실패하는 사람이 더 많으니까, 비율적으로 '역병신'을 자처하는 사람이 더 느는 경향이 있다는 말이에요."

"확실히 '복의 신'이 되기는 어려울 것 같네요. 어지간한 눈썰미가 아니고서는 좋아하게 된 대상 모두가 성공하는 일은 없겠죠."

"실은 그렇지만도 않아요."

"?"

"아니, 순서대로 말하게 해 주세요. 따라서 야쿠스케 씨의 이야기를 듣고, 저는 카코이 토시코 씨도 당연히 그런 식으로 생각하시는 분 가운데 하나인가 했어요. 듣자니 고지식한 분인 모양이고. '자신과 사귄 사람은 모두 불행해진다'라는 드라마틱한 사고는 젊은 여성이 가지는 생각으로서는 그리 기상천외한 것이 아니에요. 쌔고 쌨다고 할 수는 없어도 흔해 빠진 '망상'이죠."

"……"

어쩐지 쿄코 씨가 어제에 비해 카코이 씨에게 신랄한 느낌도 든다. 설마 내게 구혼한 그녀를 질투하는 것일까… 그런 식으로 작용하는 모티베이션도 있다면 '어제의 쿄코 씨'의 책략은 너무도 지독하다.

"**너무 흔해 빠져서… 오히려 부자연스러울 정도예요.**"

"……?"

"마치 **스스로를 굳이 패턴화**해서 유형 안에 매몰되려고 하는 것 같아요. 그다지 고민을 많이 했다고 느껴지지 않아요."

"…즉, 카코이 씨는 일부러 자의식이 강한 사람인 척한다, 라는 건가요?"

아니, 뭐, 그건 또 그것대로 패턴이리라. 또다시 패턴이리라. 유형화된 이미지에 자신을 근접시켜 자기를 확립하는 식으로 아이덴티티를 만들 수도 있다.

'캐릭터 구축'이라는 것이다.

그런 타입으로는 보이지 않았으나, 타입을 왈가왈부할 수 있을 만큼 내가 카코이 씨를 잘 아는 것도 아니다. 만난 지 얼마 안 되었다.

"카코이 씨가 그토록 화낸 것에는 혹시 그런 '캐릭터 구축'이 간파된 이유도 있을까요?"

"그 정도였다면 그나마 나았겠지만, 제 추리에 따르면 문제는 좀 더 뿌리가 깊어요. 뿌리가 깊고, 업보도 깊죠."

"네…."

"물론 확고한 증거가 있어서 하는 말은 아니에요. 성격 나쁜 제가, 지금 야쿠스케 씨에게서 들은 이야기를 걸고넘어지면서 유달리 삐딱한 해석을 한 것뿐이에요. 그러니까 세세한 점은 오늘 밤 인터뷰 원고를 받을 적에 본인으로부터 확인하세요. 아무리 그래도 그 자리에 제가 동석할 수는 없을 테니까."

그야 그렇다.

하지만 나에 대한 구혼 건은 그렇다 치더라도, 추리만큼은 쿄코 씨가 이야기하는 편이 전달 면에서는 낫지 않을까? 그야 그녀는 강연회를 들으러 갈 만큼 열렬한, 쿄코 씨의 팬이니까….

"팬… 그야, 감사하게도 저에게 관심을 가져 주시는 것은 틀림없겠지만, 카코이 토시코 씨는 제게 자신의 조사를 의뢰하실 마음이 없었던 거죠? 그렇다면 제가 이야기해 드려도 결과는 별반 달라지지 않을 것 같은데요."

그렇다… '할 수만 있다면 의뢰하고 싶었다'라는 건 '할 수 없으니까 의뢰하지 않았다'라는 의미로, 그렇다면 어째서 오키테가미 탐정 사무소에 의뢰하지 않았냐며 '어제의 쿄코 씨'는 카코이 토시코 씨를 이상하게 여겼었다.

어제의 모티베이션으로는 '이상해하는' 데까지가 한계였지만, 오늘의 모티베이션으로는 명탐정의 손이 그 앞쪽의 진상에 가닿았다.

"강연회에서 에둘러 질문하는 정도에 그쳤을 뿐, 카코이 토시코 씨가 제게 정식으로 조사를 의뢰하지 않았던 이유는 조사되어 진상이 밝혀지는 사태를 피하고 싶었기 때문. 야쿠스케 씨가 독단으로 의뢰하여 신변을 조사한 것에 대해서는 '그래도 용서할 수 있다'라고 관대하게도 말씀하신 이유는 '어제의 저'가 진상을 밝히지 못했기 때문. 그렇게 생각해 보면 어떻게 될까요."

"생각해 보면…."

무의식인… 걸까.

자의식이 아니라… 무의식.

자의식과 무의식의 확고한 차이를 나로서는 도저히 이야기할 수 있을 것 같지도 않지만, 카코이 씨에게는 어떤, 들추지 말았으면 하는 사정이 있는 게 아닐까 하는 부분이라면 그럭저럭 납득할 수 있었다.

납득하지 않을 수 없었다.

"그럼, 촌스러운 명탐정이 제 분수도 모르고 들추지 말았으면 했던 사정이란 무엇일까요? 카코이 씨는 저주 같은 간접적인 형태가 아니라 더 직접적으로 여섯 남성의 '파멸'에 관여한 것이 아닐까, 하고 저는 생각했어요. 하지만 '어제의 제'가 했던 조사에 의하면 실제로 '파멸'한 사람은 한정되어 있죠. 여섯 명 가운데 둘… 그중 한 명은 누구의 눈에도 명백할 만큼 악인악과* 예요. 그렇게 되면 순전히 소거법에 따라 나머지 한 명, 두 번

※악인악과(惡因惡果) : 악한 일을 하면 반드시 앙갚음이 되돌아온다는 말.

째 사람의 '파멸'에 카코이 씨가 직접 관여했다는 추리가 성립돼요."

다른 네 명의 경우 조사 결과만 봐도 당연히 파멸이 아니지만, 극단적인 말로 첫 직장 상사의 경우에도 '자진 퇴사했다'가 곧 '파멸'이라는 논리는 너무 단편적이다. 의외로 모든 여성과의 문란한 관계가 끊겨, 지금쯤 그는 안정된 마음으로 살고 있을지도 모르지 않는가. 혹은 다른 네 명처럼 향후 재기할 수 있는 가능성도 있다.

그러나 두 번째 사람만큼은 그런 의미에서도 예외이다. 어쨌든 간에 죽었다.

다시 시작할 방법이 없다.

그리고 그런 치명적인 그의 '파멸'에 혹시라도 카코이 씨가 개입되어 있다면. 투신자살의 원인이라면.

다소 난폭한 논리이지만 사고실험의 일환이라면 비난할 이유는 없고, 해 보는 것도 의미는 있다.

"이 시점에서 멈추어 생각해 보면, 야쿠스케 씨. 당신은 카코이 씨의 이야기를 들었을 때 어렴풋하게나마 위화감을 느끼지 않았나요? '사귀던' 상대가 괴롭힘을 당하는 줄 **몰랐다**. 카코이 씨는 그렇게 말씀하셨다고 했는데, 그건 부자연스럽다고 생각하지 않으세요?"

"……."

몰랐던 자신을 책망하듯 말하기는 했는데… 같은 반이었으며, 공인 커플이었던 사람이 그런 짓을 당하는 줄 몰랐다는 것은… 뭐, 듣고 보니 이상한 이야기다.

몰랐다는 그 주장은.

마치 '괴롭힘을 미처 파악하지 못했다'라는 판에 박은 듯한 상투어구와도 닮았다. 그런데 가령 **알고 있었다면**, 상황은 어떻게 달라지는 거지?

"괴롭힘을 주도한 사람은 사실 그녀였다… 라는 건, 아니겠죠. 지금은, 괴롭힘이 자살 원인이 아니었을 케이스를 생각하고 있으니까."

"네. 오히려 저는 반대 케이스를 가정했어요. 괴롭힘에 노출된 그를 카코이 토시코 씨가 구하려고 했다는 케이스. 그쪽이 대화하면서 느낀 그녀의 정의감이 강한 성격에는 어울린다고 생각했어요."

카코이 씨가 초등학생 무렵부터 그런 성격이었는지 어땠는지는 확실하지 않지만… 뭐, 확실히 그것이 가정하기는 더 쉽다. 괴롭히는 아이였다거나 알면서도 방치했다는 케이스보다는.

하지만 그렇다면 그 사실을 숨길 이유가 사라진다. 괴롭힘에 노출된 반 아이를 도왔다면 그것은 훌륭한 행위이며, 탐정이 들출까 봐 두려워할 만한 사안이 아니다. 당연한 일을 했을 뿐이라고 생각한다면 스스로 자랑할 만한 일도 아니겠지만….

"괴롭힘을 당하던 그를 도운 그녀. 그것을 계기로 둘의 교우 관계가 깊어졌다고 쳐요. 정다운 반 친구… 반 아이들에게서 놀림을 받는다든지, 야유를 받는다든지. 그런 일이 있었을지도 모르겠네요."

"뭐, 4학년이라면 열 살이 될까 말까 한 나이니까요."

괴롭힘을 당하던 남자애를 정의감 강한 여자애가 감쌌다는 구도가 형성되면 '뭐야, 너, 저 녀석 좋아하는 거 아냐?'라는 식의 놀림이 일어나도 이상할 건 없다. 정의감 강한 여자애라면 그런 짓궂은 말에 굴복했을 거라고 생각하기 힘들지만.

점점 막다른 골목을 헤매는 기분인 나를 쿄코 씨는 열띤 시선으로 바라보며(이상하게 바라보지 말았으면 좋겠다),

"여기서 '어제의 저'보다 '오늘의 제'가 더 유리한 점이 있어요. '오늘'은 '어제'보다 하나 더 추리 자료가 많아요."

라고 말했다.

"……? 하나 더 많다니… 추가 정보는 딱히 없을 텐데요."

"잘 생각해 보세요. 쿄코의 야쿠스케 씨라면 알 수 있을 거예요."

기대가 무겁다.

그리고 자신을 자기 이름으로 지칭하는 쿄코 씨는 못 봐 주겠다.

"정 그러시면, 저는 그 특권을 이미 한 번 활용했답니다. 풀어 주세요, 마이 페이버릿 야쿠스케 씨."

"마이 페이버릿 야쿠스케 씨라니… 아하, 그렇구나. 알았어요. 전화로군요. 조사 결과가 나와서 카코이 씨와 전화로 이야기했을 때의 내용이 정보로 추가되었겠죠."

"바로 그거예요. 와아, 야쿠스케 씨, 초월했군요."

뭘 말이냐.

엄밀히 말하자면, 심야에 이 아파트를 방문한 쿄코 씨에게도 이미 그때의 통화 내용은 말했다. 즉, '한 번 활용했다'라는 건 '의뢰할 수 있으면 의뢰하고 싶었다'라는 카코이 씨의 발언을 말하는 것이리라.

따라서 그 '추가 정보'는 일단 마음에 걸렸으나, 그 시점에서 (나를 혐오하던) 쿄코 씨는 꽤 졸려 보였다. 그렇게 생각하면 내 가슴팍에 쓴 이 글은 심야의 러브레터 같은 것인지도 모르겠다.

그러니 부끄러운 내용이 되지.

"그런데 통화 내용이 뭐 잘못되었습니까? '할 수만 있다면 쿄코 씨에게 의뢰하고 싶었다' 말고는 신경 쓰이는 부분이…."

"부분이 아니라 중심이에요. '납득이 가는 형태로 거절하지 않으면 당신을 파멸시키겠다'라는 선언. 이거, 신경 쓰이지 않나요?"

신경 쓰이냐고 한다면 여간 신경 쓰이는 것이 아니다. 그 일로 여섯 시간을 떨며 고민했을 정도니까.

"프러포즈를 거절당하고 격앙된 반응을 보인다는 것은 뭐, 이해가 안 가지는 않네요. 다정하신 야쿠스케 씨의 심려가 전해지지 않은 것은 참 유감이라고밖에 할 수 없지만."

쿄코 씨야말로 다정하시다. 그 심려야말로 유감이지만.

"단, 그렇다 해도 파멸 운운하는 것은 아무래도 과잉 반응이겠죠. 성인 여성의 행동이라고는 도저히 생각할 수 없어요. 이지적이고, 냉정하고, 공평하고, 공정한 그녀라면 이해를 표하지 않을까 했던 야쿠스케 씨의 생각은 그리 엉뚱한 것이 아니었을 거예요."

'어제의 쿄코 씨'는 '남성 특유의 망상'으로까지 치부했지만…… 뭐, 그것은 덮어 두자.

아니, 그 점만큼은 부진 모드의 쿄코 씨가 옳지 않았을까, 하고 지금에 와서는 생각하는 바이다. 염치없는 생각을 했던 나는 꼴불견이었다며 거듭거듭 반성하고 있지만, 한편으로 초약진 모드의 쿄코 씨가 한 말도 나름대로 일리는 있다.

과잉 반응이다.

그것 자체는 '어제의 쿄코 씨'도 인정했다.

프라이버시에 서슴없이 발을 들였다고 해서 파멸시킬 필요는 딱히 없다. 화내는 것은 당연하지만 파멸시켜도 당연하다고는 생각할 수 없다.

그렇다면 너무 히스테릭한 그녀의 그런 반응에 '오늘의 쿄코 씨'는 이유를 댈 수 있단 말인가?

　"처음에는 프라이드가 높아서 차이는 데 익숙지 않았기 때문이라고 저는 생각했어요. 하지만 그 여성상이라면 '사귀는 남성이 모두 파멸해 간다'라는 설명과 이미지가 일치하지 않죠. 실패만 반복하여 평생 제대로 된 연애를 할 수 없지 않을까 고민하는 그녀는 오히려 자기 평가가 낮아 보여요. 프러포즈를 거절당하더라도 '역시' 하면서 자학적으로 해석하지 않을까요. 또는 '차였지만 차라리 잘됐는지도 몰라. 좋아하는 사람을 파멸시키지 않아도 되었으니까'라고 생각할 법도 해요."

　"으~음…."

　너무 역할에 몰입한 감이 있지만, 어떤 의미에서는 그것이 더 그녀다운 반응이라고도 할 수 있다. '저주받은 인생'이라는 '캐릭터'에 부합한다.

　하지만 실제 반응은 정반대였다.

　그래도 한때는 프러포즈 상대였을 나를 파멸시키겠다고 선언했다. '캐릭터'를 지키려는 듯하면서도 행동은 크게 흔들렸다. 이만저만 반대가 아니다.

　"그러니 카코이 토시코 씨가 원래 깍정이라 히스테리를 일으켰을 가능성은 일단 제쳐 두고, 사고실험을 계속하자고요."

　깍정이? 그 말은 쿄코 씨가 열일곱 살 때였다 해도 이미 사어死語가 된 단어 아닌가?

"야쿠스케 씨에게 상처를 받아 평정을 잃은 것이 아니라, 과거에 입었던 상처가 야쿠스케 씨의 발언에 치여 평정을 잃었다, 라고 생각해 보면 어떨까요."

"상처가… 차여?"

"치여. 차인 일로 치인 거예요. 묵은 상처가."

"……."

"묵은 상처를 후벼 파서… 격앙된 거예요."

쿄코 씨는 단정적으로 말했다.

사고실험이라는 식으로 말하지만, 그녀는 이미 결론을 내린 것이리라.

"야쿠스케 씨에게 그토록 공격적이 된 것은 화가 머리끝까지 나서라기보다는 이른바 '과거의 자신을 보는 것 같아 짜증이 나서'라는 것이 진상이지 않을까요… 즉, 카코이 토시코 씨도 과거에 고백을 받고 잘못된 방식으로 거절한 적이 있다. 그렇게 가정해도 모순은 발생하지 않죠."

"잘못된 방식… 카코이 씨가, 말인가요?"

"네."

바로 그렇기 때문에 야쿠스케 씨만큼은 같은 실수를 반복하지 말았으면… 패턴화되지 말았으면 했던 게 아닐까요.

그렇게 말하고 쿄코 씨는 손끝으로 내 가슴팍을 가리켰다. 아니, 가슴팍이 아니라 그곳에 쓰인 글귀를 가리킨 것이다.

어디를 인용하든 얼굴이 붉어질 만할 '사랑의 메시지'인데, 여기서 쿄코 씨가 가리킨 것은 '야쿠스케 씨에게 미움받으면 살아갈 수 없어'라는 문장이었다.

살아갈 수 없어.

미움받으면 살아갈 수 없어. 미움받으면.

"두 번째 사람이 투신자살한 이유는 실연이었던 게 아닐까요?"

4

과감한 발언을 하자면 '괴롭힘으로 자살'이라는 건 어떤 의미에서는 전형적이다. 살인 사건이 나면 첫 번째 발견자가 의심을 받듯이, 재학 중인 미성년자가 자살을 하면 유서가 있든 없든 괴롭힘이 원인이지 않을까 의심을 받게 된다.

과연, 그 기계적인 템플릿은 대개의 경우 정답에 들어맞을 것이다. 그러나 템플릿 후보라면 그 밖에도 있다.

실연이란 그중에서도 유형화된, 흔해 빠진 자살 이유이지 않을까. 뛰어내린 것이 어린아이가 아니었다면, 또는 괴롭힘이라는 문제를 안고 있지 않았다면 맨 처음 떠올라도 이상할 게 없는, 패턴화된 동기이지 않을까.

"차였기 때문…인가요? 이별 이야기가 꼬였다… 라는 게 아니라?"

"야쿠스케 씨를 상대로 격앙되었던 그녀의 태도로 추측하건
대, 글쎄요. 사귀었다고는 할 수 없는 관계성. 주위에서 놀려 대
고 커플로 취급했다 해도, 그건 그뿐인 일이었겠죠."

"······."

쿄코 씨는 전부 다 말하지는 않았다.

전부 다 말하지는 않았지만, 거기까지 듣자 다 들을 필요도 없
이 떠오른 것은 몹시도 뒷맛이 나쁜 구도였다.

이를테면, 반에서 괴롭힘을 당하던 남자애가 진지한 여자애
의 도움을 받았다가 그 결과, 함께 놀림거리가 되었는데. 여자
애는 그런 야유에 눈 하나 깜짝 안 했으나 남자애는 의외로 싫
지만도 않았던 듯 도움에 대한 고마움과 어린 연심을 뒤섞어 생
각했고, 반면 정의감을 바탕으로 행동한 여자애에게는 그럴 마
음이 전혀 없었기에 그런 남자애의 마음을 오히려 결벽증적으
로, 혹은 모질게 뿌리쳤다거나 하는.

어쩌면 진지한 여자애는, 네 그 감정은 그냥 착각이라면서 논
리적이고도 이론적으로 부정했을지도 모른다. 내가 한 것과 마
찬가지로.

아니면 전혀 다른 경위가 있었을지도 모르지만. 어쨌거나 저
쨌거나 그렇게 장렬히 깨지고 남자애는 뛰어내렸다.

학교 건물의 옥상에서 뛰어내렸다.

아니, 하지만 그것은 실연으로 세상을 비관하여 죽음을 택했

다거나, '미움받으면 살아갈 수 없어' '끝장이야'와 같은 드라마틱한 감정이 폭발했다거나 한 게 아니라, 정말로 거의….

"앙갚음…이로군요."

"네. 그런 나약한 멘탈을 가졌으니 괴롭힘을 당했겠죠."

무자비한 말을 한다. 저지른 일의 의미를 생각하면 그렇게 말할 수밖에 없다지만.

뭐, 괴롭힘은 백 퍼센트 괴롭히는 아이의 잘못이지만, 그렇다고 괴롭힘을 당하는 아이가 마냥 천사인 건 아니다. 노진구*도 사용하는 아이템에 따라서는 시답잖은 일을 벌이니까. 괴롭힘 피해 사실은 강함이나 선함의 증거가 아니다. 허구한 날 억울한 누명을 뒤집어쓴다고 해서 그럼 내가 선한 사람인가 하면 그럴 리가 없듯이.

괴롭힘당하는 아이에게 순진무구함을 강요하면 '그러면 나 같은 놈은 괴롭힘을 당해도 별수 없구나'라는 잘못된 체념에 빠질지도 모른다.

"유서가 없었기 때문에 다들 '괴롭힘이 원인이 되어 자살했다'라고 생각했지만, 카코이 씨만큼은 그가 뛰어내린 진짜 이유를 알았겠죠…."

"차라리 유서에 '차여서 죽는다'라고 써 주면 좋았을 거예요.

※노진구 : 애니메이션 〈도라에몽〉의 주인공. 도라에몽이 주머니에서 꺼내 준 비밀 도구로 난관을 헤쳐 나간다.

그러면 주위 사람들이 '상관없어, 신경 쓸 거 없대도' '너는 나쁘지 않아' 그리고 '네 책임이 결코 아냐'라고 간곡히 일러 주었을 테고, 전문가의 카운슬링도 받을 수 있었겠죠. 하지만 유서가 없어서 그렇게는 되지 않았어요. 그녀는 홀로, 그의 자살을 떠안게 되었죠."

 …거기까지 노렸다고는 생각하고 싶지 않다. 그녀가 혼자 괴로워하도록, 고립되도록 굳이 유서를 남기지 않았다… 라는 신랄하고 타산적인 일을, 초등학생은 역시 꾸미지 않을 거라고 생각한다. 다정하게 대해 주어 좋아하게 된 여자아이를, 차갑게 대한다고 싫어하게 되었다니, 그런 어리석은 일은 아닐 거라고 생각하고 싶다. 아마 그저 실연을 이유로 죽자니 창피해서 유서를 남길 수 없었을 뿐이리라. 주된 요인이 아니었다지만 괴롭힘당한 일도 완전히 무관하지는 않을 거라고 생각한다. 집안 사정이든 뭐든 다른 이유가 있었을지도 모른다. 사실 그의 내면에서 어떤 절망이 소용돌이치고 있었는지는 아마 본인도 몰랐을 것임에 틀림없다.

 그러나 카코이 씨는.

 자신의 책임으로 떠안았다.

 누구에게도 상담하지 못한 채… 떠안았다.

 초등학생 여자아이가 인간의 죽음을 끌어안았다.

 "절망이 아닌 갖가지 변명이 그녀의 내면에서 소용돌이쳤겠죠. 책임을 느끼기 때문에 그 책임에서 도망치고 싶은 마음도 들었을 거예요. 나는 그를 돕지 않았어. 그도 그럴 것이 괴롭힘 사실을 몰랐으니까. 나는 그를 차지 않았어. 그도 그럴 것이 나는 그를 좋아했으니까. 나는 그를 죽이지 않았어. 그도 그럴 것이 모두가 말하듯 나는 그와 교제 중이었으니까. 그런 식으로 기억을 덮어쓰기 하여 자신을 지키려 했죠."

"기억을… 덮어쓰기."

지금의 쿄코 씨처럼.

아니, 이렇게 반쯤 웃음이 나오는 게 아니라 더 절실하고, 더 필사적인… 자기방어를 위한 덮어쓰기였다.

"전혀 칭찬받을 일은 아니지만요. 그녀가 책임을 회피하는 바람에 그 책임을 떠맡아야 했던 사람들이 적잖이 있으니까."

한없이 무자비하다. 맞는 말이긴 해도.

재판이 아직 계속되고 있음을 생각하면, 여기서 초등학교 4학년 무렵의 그녀에 대해 '참 가엾은 여자애구나' 하는 것만으로 끝낸다는 것도 어지간히 얄팍한 인간관이다.

하지만 그렇다면….

여기서 뭐라고 해야 깊은 게 되지?

"그럼 이번뿐만이 아니라 고백을 한다든지 받는다든지, 이별 이야기가 나온다든지 하는 국면이 될 때마다 과거의 묵은 상처가 자극되고 기억이 자극되어, 카코이 씨는 그런 식으로…."

말하면서 '그건 아냐'라고 생각했다. 이별 이야기가 꼬였다는 말은 듣지 못했다. 오히려 결혼을 약속했다는 여섯 번째 사람 때였던가, 울며 하는 이별 이야기에 어쩔 수 없이 동의했다고 했다.

게다가 이상하다.

초등학생 때의 트라우마가 그 후 남자관계를 복잡화하는 원인이 되었다, 라고 설명하면 언뜻 설득력이 있는 것 같지만, 한 건, 모순이 있다.

유치원 때 만난 첫 번째 사람이다.

교통사고를 당해 '파멸'한 사람. 사실은 전혀 '파멸'하지 않았었다 하더라도, 그 일이 두 번째 사람과의 관계가 싹트기 이전의 사건이었던 것만큼은 흔들림이 없다.

"네. 여기서 아까의 비유로 돌아갈게요. 세상에는 성공보다 실패가 더 많으니까 '좋아하게 된 상대가 성공한다'라고 믿는 사람보다 '좋아하게 된 상대가 실패한다'라고 믿는 사람이 더 많다, 였죠?"

"아, 네. 하지만 실은 그렇지만도 않다고 쿄코 씨는 말씀하셨죠."

"어머. 제 발언을 기억해 주시다니, 이렇게 기쁠 수가. 이 기쁨을 저는 잊어버리지만, 야쿠스케 씨는 기억해 주세요."

좋은 말을 꼼수 도중에 하지 말아 주세요.

그나저나 눈썰미도 별로인데 이후 성공할 사람과 이후 인정받을 작품만 좋아하게 된다는 게 정말 가능할까?

"물론이죠. 아주 간단한 방법이에요. 이미 성공을 거둔 사람이나 인정받은 작품을 보고 '전부터 좋아했다'라고 말하면 돼요."

"…거짓말 아닌가요?"

"거짓말이에요. 그게 어쨌는데요?"

현재 엄청난 거짓말을 하고 있는 쿄코 씨는 정말 '그게 어쨌는데'라는 느낌으로 말했다.

아니, 너무 노골적이기는 하나, 항간에서 흔히 말하는 '히트하기 전부터 응원했다'의 정체는 대체로 그런 것이리라.

단순히 예전에 본 적이 있을 뿐인데 '오래전부터 눈여겨봤다'라는 듯 행세하고 '언젠가 될 줄 알았다'라고 눈썰미가 좋은 척한다. 소시민적인 작은 거짓말이다.

아니, 어느새 그것은 거짓말조차 아니게 되고 기억은 덮어쓰기 되어 정말 예전부터 응원한 것처럼 느껴지는데. 예를 들어, 쿄코 씨의 강연회.

회장에 모인 쿄코 씨의 청중 속에서 '나는 이렇게 유명해지기 전부터 쿄코 씨를 알고 있었다'라고 득의양양하게 생각하지 않았던 것이 아니다.

하지만 그럼 초면일 때부터 내가 그녀를 지금처럼 신뢰했는가 하면, 전혀 그렇지는 않다. 사실 초기에는 꽤 수상한 탐정이라고 생각했다.

그럼에도 마치 고참 팬인 척하고 단골처럼 구는 나는 상당히 기만적이다.

"그런데 진정한 친구. 이 방법 말이에요, 반대 방향으로도 쓸 수 있는 거죠?"

빨강 머리 앤처럼 말하지 말아 줘.

내게 다이애나 자격은 없어… 반대?

"즉, 이미 실패한 사람이나 이미 인정받지 못한 작품을 보고 '봐, 내가 좋아하게 되면 모두 다 망한다니까'라고 주장하는 것도, 하려고 들면 가능하겠죠?"

가능…하겠지만, 그야 뭐.

하지만 그런 행위에 무슨 의미가 있지? 자신의 눈썰미가 별로임을 굳이 어필해도… 어차피 거짓말을 할 거면 히트작의 오랜 팬인 듯 행세하는 편이 목적에는 맞을 것 같다.

"'내가 좋아하게 된 상대는 모두 파멸한다'. 자신이 그런 저주받은 운명을 타고난 셈 치면 상대의 파멸을 **운명 탓**으로 돌릴 수 있겠죠. 책임을 전가할 수 있겠죠."

"책임… 전가."

자신 탓에, 라고 믿는 게 아니라.

운명 탓에, 라고 믿기 위한… 거짓말.

"덧붙여 말하자면, 한 클래스메이트의 죽음을 여섯 명 가운데 한 명인 셈 쳤다. 여섯 개의 '파멸' 중 한 개인 셈 쳤다. 저주에 의한 목록의 한 항목인 셈 쳤다."

나무를 숨기려면 숲에 숨겨라.

미스터리의 패턴이다.

아니, 하지만, 잠깐, 그러면.

그것이 거짓말이라면. 파멸을 파멸에 섞고 남자를 남자들에 섞었다면, 진실을 거짓에 섞었다면.

"그럼, 쿄코 씨. 카코이 씨는 자살한 두 번째 사람을 뺀 다섯 사람을 '파멸'시키기는커녕 **아예 사귀지도 않았다**, 아예 좋아하지도 않았다는 말씀인가요?"

5

"전원이라고는 말하지 않겠어요. 하지만 첫 번째 사람과 세 번째 사람의 경우 거의 백 퍼센트의 정확도로 그렇게 단언할 수 있을 거라고 생각해요."

쿄코 씨는 딱 잘라 말했다.

이토록 날카로운 추리가 나에 대한 호감에 따른 것이라면 이제 마음이 괴로운 것을 뛰어넘어 육체적으로 괴롭다. 쿄코 씨에게 의뢰하면 안 되지 않았나 하는 생각이 새삼 치밀어 오른다.

그러나 이미 늦었다.

가장 빠른 탐정은 한번 움직이기 시작하면 멈추지 않으니까.

"유치원생이었을 무렵, 교통사고를 당한 후 이사한 '오빠'가 이웃에 있었기에 **그 사람과 결혼을 약속했던 셈 쳤다**. 고등학생이었을 무렵, 교내 인기인이었던 축구부 선배가 시합 중 부상을 당하여 은퇴하자 **그 사람을 좋아했던 셈 쳤다**. 비극의 스트라이커를 떠받들던 팬클럽 성격의 여자 모임에 섞여 들었다."

들춰져 간다. 프라이버시가. 거짓말이. 그리고 죄가.

파멸한 사람에게 첫눈에 반하고, 그들을 예전부터 좋아했다고 믿는다. 사랑했다고, 사귀었다고, 과거를 변경하고 고쳐 쓴다.

"그렇게 하여 원 오브 뎀one of them으로 만든다. '첫 번째 사람'은커녕, 원래는 단 한 명의 '파멸'자였던 반 아이를 **두 번째 사람**'으로 만든 거예요."

사실상 사귀었다고는 할 수 없다, 가 아니라 사실 사귀지 않았던 것이다.

하지만 그럼 대학 이후의 세 사람은 어떻게 되지? 아닌 게 아니라 미성년자 시절의 '회상'이라면 그런 덮어쓰기도 가능하겠지만, 후반의 세 사람은 최근이라고 해도 좋다.

"네. 그러니까 이후부터는 방법 응용이에요. **조만간 '파멸'할 것 같은 사람을** 굳이 마음에 둔다는 확신범 같은 수법이죠."

확신범.

새로운 의미에서든 낡은 의미에서든, 확신범.

"대학이라는 공간에 적응하지 못하고 예전부터 NPO 활동에 관심이 있었으며 머지않아 대학을 관둘 것으로 추측되는 동아리 친구를 좋아하게 된다. 사내에서 이 여자 저 여자에게 집적대는, 명백히 문제가 있는 상사와 만난다. 벤처 기업 창업자에 대해 말하자면, 이미 그 무렵 그녀는 언론에 종사하는 저널리스트였으니까. 실적이 어떤 상황인지 알려고 들면 알 수 있지 않았을까요. 상대가, 결혼할 만한 상황이 아니라는 것쯤은."

"…예언의 자기 성취 같은 것인가요?"

"비슷하네요. 결국에는 저주의 자기 성취이려나요. 좋아하게 되었기 때문에 '파멸'하는 것이 아니라 '파멸'할 상대이기 때문에 좋아하게 된다. 그리하여… '두 번째 사람'은 숲속에 섞여 가는 거예요. 마치 수목장처럼."

그것이 카코이 토시코 씨 나름의 애도인지도 모르겠네요, 라고 쿄코 씨는 정리했지만, 그렇게 말해도 그 행위들은 전혀 미화되지 않는다.

오히려 소름 끼친다. 누구의 경우든 소름 끼친다.

처음 들었을 때, 여섯 명 가운데 여섯 명이 '파멸'하는 정확도는 있을 수 없다고 생각했는데, 그렇다, 아닌 게 아니라 있을 수 없었다. '첫 번째 사람'과 '세 번째 사람'은 끼워 맞춘 것이고,

'네 번째 사람'과 '다섯 번째 사람'과 '여섯 번째 사람'은 '파멸'
을 기준으로 선택되었다.

그리고.

나라는 '일곱 번째'도 역시… '파멸'이 기준이었다.

말하자면 '여섯 번째 사람'과 같은 케이스인 셈인데. 그야 나
는 카코이 씨에게서 직접 취재를 받았기 때문이다. 원죄 체질.
머지않아 어떠한 '파멸'을 경험하리라는 것은 거의 보장이다.

셀 수 없을 만큼의 누명을 쓰고 셀 수 없을 만큼의 '파멸'을 겪
고도 번번이 탐정의 조력을 얻어 극복해 온 당신이기 때문에 나
와 결혼해도 문제없다. 라고 그녀는 말했지만… 진상은 반대였
다.

셀 수 없을 만큼 거듭 '파멸'하는 당신과라면 영원히 함께할
수 있다고 카코이 씨는 생각한 것이다.

당신과 함께라면 행복해질 수 있을 것 같아요.

당신과 함께하지 않으면 행복해질 수 없을 것 같아요.

…그야 행복하다.

좋아하게 된 상대가 파멸하는 게 아니다. 좋아하게 된 상대의
파멸을 **바라는** 그녀에게 나 같은 놈은 안성맞춤이었을 것이다.

유감스럽게도 '이 사람이라면 파멸해도 돼'라고 생각한 것이
아니었다. '이 사람이라면 반드시 파멸한다!'라고 확신한 것이
었다.

그렇다면 나밖에 없다고 믿는 것도.

그런 식으로 기억을… 감정을 덮어쓰기 하는 것도, 무리는 아니다.

생각다 못해 만난 그날로 프러포즈한다는 경거망동에 이르는 데 달리 어떤 이유가 있단 말인가?

"…어디까지 자각적인 걸까요?"

나는 물었다.

이 결론을 어떻게 생각하면 좋을지 전혀 알지 못한 채.

"카코이 씨는 어디까지 자각적으로 그런 덮어쓰기를 한 것일까요… 자신은 저주받았다, 좋아하게 된 상대가 파멸한다… 누군가를 좋아하게 되는 마음과 누군가를 좋아했던 마음까지 고쳐 쓰고…."

여기까지는 쿄코 씨가 언급하지 않았지만, '파멸'의 기미가 보이지 않는 이성을 좋아하게 되었을 때 카코이 씨는 그 호의 자체를 '없었던 것'으로 쳤으리라. 그렇게 하지 않으면 법칙에 위배되니까.

가장 안쓰러운 것은 그 부분인지도 모른다.

"거의 자각적일 거라고 생각해요."

생각했던 것과 반대되는 답이 돌아왔다.

"카코이 씨는 제가 아니니까, 그리 쉽게 훌훌 트라우마를 잊을 수는 없어요. 하지만 잊은 척은 할 수 있겠죠."

"……."

"'무슨 수를 써서라도 당신을 파멸시키겠어요'라는 선언에 그 것이 잘 나타난 느낌이에요. 신변 조사의 결과, 지금껏 꾸준히 쌓아 온 이론이 무너지고 말았어요. 굳이 추적 조사를 않고 '파 멸'한 것으로 쳤던 사람들의 건재 소식도 들었고요. 꾸밈없는 논리 앞에서 완전히 무너져 내려 이제는 풍전등화라고도 할 수 있는 '저주'를 관철하기 위해서라도 수단을 가릴 수 없게 되었 죠. 자기 자신을 유지하기 위해, 한때는 구혼 상대였던 야쿠스 케 씨를 직접 '파멸'시킬 수밖에 없게 되었어요."

자의식과 무의식의 차이. 그런 것은 없었다.

그녀는 자각적으로, 알면서, 숙지한 채… 스스로의 편력을 고 쳐 썼다.

자각적으로, 자학적으로.

아무리 덮어쓰기 해도. 덮어쓰기를 반복하여 새까맣게 물들어 도.

어차피 아무것도 잊을 수 없지만.

"그렇기 때문에야말로 그녀는 제가 했다는 그 강연회에 와 주 었던 건지도 몰라요. 의뢰하고 싶어서, 하지만 그럴 수 없어서 에두른 질문에 그쳤던 카코이 토시코 씨가 정말 묻고 싶었던 것 은 불쾌한 기억을 잊는 법이었을지도요."

마음 불편한 것을 마음 편히 잊는 방법.

그런 방법이 있다면 저야말로 배우고 싶을 정도지만요, 라고 쿄코 씨는 말했다.

나도 전적으로 동감이다.

만약에 잊을 수 있다면, 이렇게 들어 버린 망각 탐정의 재추리를 어떻게든 잊고 싶었다.

6

그렇지만 지금, 수수께끼 풀이를 한 지 한나절 이상 경과하고도, 장소를 집에서 고급 레스토랑의 개별 룸으로 옮기고도 역시 아무것도 잊지 못한 채, 평생 잊힐 것 같지도 않은 채, 나는 자리에 앉아 있었다.

거의 손대지 않은 식기류는 이미 모두 치워지고, 결국 마지막까지 한 번도 작동되는 일이 없었던 보이스 레코더 또한 한 대도 남김없이 사라졌다. 즉, 카코이 씨도 이제 없다.

집에 돌아갔다.

아무래도 나는 파멸을 면한 모양이다.

간당간당하게 목숨을 부지했다.

어디까지 납득해 주었는지는 알 수 없고, 결국 쿄코 씨의 추리가 어디까지 정곡을 찌른 것이었는지도 영 불확실하다. 추리소설에 등장하는 진범과 달리 그녀는 자신의 주장을 거침없이 펼치지 않았을 뿐만 아니라, 죄상의 인정 여부조차 밝히지 않았다.

군이 말하자면 묵비권을 행사했다.

침묵한 채 끝까지 내 이야기를 들었고, 그 후 히스테릭하게 격앙되는 일도 없었다. 비열하게도 그녀의 반평생을 낱낱이 파헤치려 하는 그 모든 구절에 부정도 긍정도 하지 않았다.

아니, 딱 한마디 했다.

명탐정의 추리를 딱 한 부분, 명확하게 부정했다.

"제가 당신에게 프러포즈한 이유는 카쿠시다테 씨가 멋지게 느껴졌기 때문이에요. 그뿐이에요. 당신이라면 저를 구해 주지 않을까 싶었어요."

얼마나 진실한 말인지는 알 수 없다.

내게 그만한 매력이 있다고는 도저히 생각할 수 없다. 그보다도 그녀는 철저히 내 파멸을 바랐다고 생각하는 편이 훨씬 와닿는다.

그러나 파멸을 바랐든 구제를 바랐든, 나는 어느 것에도 부응할 수 없었던 셈이다. 나는 아무것도 할 수 없었다.

아무런 도움도 될 수 없었다.

바로 그렇기 때문에 내 쪽에서도, 딱 한마디.

내가 이 자리에서 이 순간까지 줄줄이 늘어놓은 것은 대부분 쿄코 씨가 한 말의 차용이었고 하달이었으며 내 소견 따위는 일절 포함되어 있지 않았으나, 유일하게 내 말을 딱 한마디… 묵묵히 테이블 계산을 마치고 조용히 자리를 뜨려 한 그녀에게, 바로 그렇기 때문에 "카코이 씨." 하며 딱 한마디를 건넸다.

"만약 당신이 이후 자살하더라도… 저는 전혀, 놀라울 만큼 개의치 않을 겁니다."

"최악이야."

그 말을 남기고 카코이 씨는 떠나갔다.

이런이런.

또 미움을 샀다. 또 좋아하는 사람에게서 미움을 샀다.

좋아해 준 사람에게서 미움을 샀다.

그렇지만 뭐, 이것이야말로 뜻밖에도 만인이 납득할 수 있는 프러포즈 거절법인지도 몰랐다.

덧 붙 임

그 후, 보도지 『견실한 걸음』의 지면(인터넷상)에 꾸려진 원죄 특집에서 내 인터뷰 기사가 발표되었다. 아무 일 없이. 아무 일 없었던 것처럼. 큰 반향을 일으키거나, 아무도 읽지 않거나 한 모양이다. 일단 콘도 씨는 칭찬해 주었다. 내가 소개한 기자의 솜씨가 좋은 모양이야, 하고 친구로서 내 자만을 나무라는 듯한 소리도 했지만.

하긴, 친구가 나무랄 필요도 없이, 나로서는 그래도 제법 사회에 공헌했다고 자만할 시간은 거의 없었다. 왜냐하면 다음 주에 그 잡지에서 발표된 칼럼이 내 인터뷰와는 비교도 안 되게 폭발적인 센세이션을 불러일으켰기 때문이다. 그것은 일종의 자백 조서였다. '본지 기자'의 스캔들러스한, 허식에 가득 찬 남성 편력이 있는 대로 적나라하게 묘사되어 세간의 관심을 크게 부채질한 모양이다.

이 기사를 지극히 파멸적으로, 마치 유서 같은 글로 해석한 독자도 적잖이 있었던 모양이지만, 내 생각은 다르다. 나는 그것을 갱생을 위해 쓰인, 인생을 다시 시작하기 위해 집필된, 건설적인 결의 표명으로 해석하고자 한다.

실제로 남의 일이 아니다.

좋아하게 된 사람이 파멸한다는 그녀의 속박 뒤에 해당 기사에서 몸소 폭로한 것과 같은 이면이 있었다면, 내 원죄 체질 뒤에도 응분의 기만으로 가득 찬 이면이 있었다고 해도 전혀 이상하지 않으니까.

따라서 지금껏 살아오면서 내가 가장 많이 들었던 말을 신진기예의 저널리스트에게도 건넬까 한다.

이번에는 인연이 없었지만 귀하의 향후 활약을 기원합니다.

진심으로.

…그런데 인터뷰의 보수가 입금된 다음 날, 나는 우선 홈센터에 식기류를 사러 갔다. 언제 어느 때 어떤 손님이 올지 모르니 건전한 집 꾸미기를 시간 있을 때 추진하려고 했다. 역시 이불까지 산 것은 너무 오버였는지도 모르지만 뭐, 유비무환이다.

그런 이유로 귀가 후, 카쿠시다테 저택을 새단장하며 정리 중에 파일을 발견했다. 아니, 특별히 놀랄 만한 것은 아니고 내 물건인데, 그것은 쿄코 씨와 일할 때마다, 즉 '처음 뵙겠습니다'일 때마다 받는 오키테가미 탐정 사무소의 명함을 시간 순으로 정리해 둔 서류철이었다. 이런 곳에 두었던가….

고개를 갸웃한 채 무심히 팔락팔락 페이지를 넘기는데, 이번에는 특별히 놀랄 만한 것이 있었다. 있을 리 없는 것이 그곳에 있었다. 사용된 페이지 마지막에 낯선 명함이 꽂혀 있었던 것이다.

쿄코 씨가 이 집을 찾았을 때 나는 명함을 받지 못했다. 밤의 시점에서는 '아슬아슬하게 오늘'이었고 새벽의 시점에서는 내가 그녀에게 '기지既知의 인물'이었으므로. 오른팔의 정보에 따르면.

그런데 파일은 갱신되어 있었다.

게다가 낯선 최신 명함에는 이런 말이 쓰여 있다. 쿄코 씨의 필적으로.

'연인 놀이, 즐거웠어요☆'

…….

생각해 보면, 그런가.

자신의 몸에, 혹은 자신의 필적으로 어떤 비망록이 남겨져 있든 그로써 기억이 고쳐 쓰이는 것은 아니고, 기억의 공백이 메워지는 것도 아니다. 어디까지나 정보 가운데 하나에 지나지 않는다. 하물며 정보원은 어제의 자신, 즉 기억 상실증에 걸린 인간이다. 명탐정이라면 그 증언을 곧이곧대로 믿지 않으리라….

자신을 속일 수는 없다.

쿄코 씨라 해도 그것은 다르지 않다.

마음 불편한 것을 마음 편히 잊을 수 있는 방법이 있다면 자기야말로 배우고 싶다던 쿄코 씨의 말은 결코 빈정거림도 풍자도 아니었던 것이다. 비망록이 정말이든 거짓말이든, 하루 만에 기억이 리셋된다는 숙명에서 그녀는 달아날 수 없다.

그렇기 때문에야말로 '무엇이 쓰여 있는가'가 아니라 '쓰인 의도'를 고려하여, '오늘의 쿄코 씨'는 '어제의 쿄코 씨'가 쓴 각본에 올라탄 것이다.

글귀에 따라 '캐릭터 구축'을 했다.

프로이기에 감정에 좌우되지 않는… 것이 아니라 쿄코 씨는 프로이기에 감정을 좌우했다.

초약진 모드였다기보다는 초약진 모드를 연기했다. 흠잡을 데 없는 명연이었다고 말할 수 있으리라. 그것을 간파하지 못한 채 갈팡질팡 동요하고 마냥 들떠 있었던 나 역시 무슨 상을 받아도 좋을 만큼 훌륭한 피에로였으며, 파일이 제멋대로 이동한 것으로 보아 어느 타이밍에선가, 보기에 따라서는 변태적이기도 한 이 컬렉션을 본인에게 들켰다는 것은 몸부림이 쳐지도록 명백하여, 그때 대체 어떤 스케일로 미움을 샀을지 생각만 해도 무섭다. 보디가드 씨가 회복해 준 내 명예는 다시 땅에 떨어졌다고 할 수 있으리라.

명함에 쓰인 문장은 밝지만, 그것이야말로 쓰인 그대로 곧이 곧대로 믿을 수는 없다. 지금이라도 전화를 걸어 응분의 해명을 해야 하나 싶지만, 이젠 늦었다. 쿄코 씨는 이미 그때 품었던 '감상'을, 느꼈던 '기분'을 싹 잊은 뒤다.

어설프게 말했다가는 또다시 변태로 여겨지고 또다시 혐오를 살 뿐이라는, 생각할 수 있는 최악의 결과를 초래할지도 모른다.

그것을 알면서도 전화를 걸어야 하나 싶어 미련을 못 버리고 휴대전화가 부서져라 움켜쥐었으나, 최종적으로는 어깨를 떨구고 탄식과 함께 포기했다. 왜냐하면 이 시간이면 쿄코 씨는 외동딸을 데리러 어린이집에 갔을지도 모르기 때문이다.

나를 어떤 식으로 여기고 어떤 식으로 미워하든 또 그 뻔한, 나조차 속지 않는 거짓말을 듣는 것만큼은 사양이었다.

소중한 외동딸과 사랑해 주는 남편.

그런 슬픈 거짓말은 이제 하게 하지 않겠다.

오키테가미 쿄코의 혼인신고서 끝

◈작가 후기◈

옛 추억이라는 것은 미화되거나 과장되는 법이라서, 그랬었다고 굳게 믿었는데 오랜만에 확인해 보면 생각만큼은 아니라서 뜻밖에 낙담하곤 합니다. 이는 좋은 추억뿐만 아니라 싫은 추억도 마찬가지로, 지독히 고생했다고 생각하거나 지독히 상처받았다고 믿었던 일을 다시 돌이켜 보면 그땐 그때대로 '어라? 이런 것이었나?' 싶어 낙담하는 경우도 있는 것 같습니다. 그럴 때 '시시한 일에 연연했었구나'라고 생각할 수 있으면 그나마 다행인데, '아냐! 이렇게 오랫동안 마음에 담아 두었던 기억이 별일 아닐 리 없어. 이 낙담하는 마음이야말로 착각임에 틀림없어'라는 식으로, '싫은 추억'에 고집스럽게 연연하는 방향으로 마음이 움직이면 어쩐지 비참합니다. 있지도 않은 트라우마에 연연하여, 이미 사건의 본질 자체는 사라졌는데도 어느새 그 환영이 본질이 되고 본체가 되는… 뭐, 이것은 '좋은 추억'에도 적용할 수 있으니 싸잡아서 부정할 수도 없지만요. '회상하다'라는 것은 참 기막힌 표현으로, 사건 그 자체보다 그것을 어떻게 생각할지, 어떻게 회상할지(이른바 기억에 의미를 부여한다고 할까, 맛을 부여한다고 할까) 등을 컨트롤할 수 있게 되면 아무리 싫은 추억이라도 미화할 수 있을지 모르지만, 반대로 아무리 좋은 추억이라도 악화시킬 수 있다는 가능성 또한 내포하고 있어, '마음먹기에 달렸어!'라는 격려에 '정말 그 말이 맞구나~'라고밖에 할 수 없습니다. 그건 그렇다 치고, '아무리 좋은 추억이라도 나쁘게 받아들일 수 있다'는 사실이어도 '아무리 싫은 추억이라도 좋게 받아들일 수 있다'가 어떤지는 아직 논의의 여지가 있습니다. 아무리 긍정적으로 생각해도 역시 안 되는 것은 있으니까요.

이 책은 망각 탐정 시리즈입니다. 야쿠스케 군이 이야기꾼인 회인데, 변함없이 그는 된통 고생하여 작가로서는 등장을 시키기가 괴롭습니다. 뭐, 그만큼 좋은 시간도 보냈다고 생각하니 비긴 셈일까요. 작중의 시간 흐름은 어떤 식으로 돌아가는 건지 비교적 모호하지만, 그 부분은 망각 탐정이라 별로 시간 순서에 얽매이지 않는다는 식으로 생각하고 있습니다. 더불어, 서장에 나오는 쿄코 씨의 강연회는 다른 사건 조사의 일환으로 열렸다는 숨은 설정이 있습니다. 야쿠스케 군이 파악하지 못했고 쿄코 씨도 기억하지 못하므로 아마 글로 쓰이는 일은 없겠지만, 그 강연회의 참석자 중에 어떤 사건의 범인이 있어서 강연회 중에 밝혀졌을 것입니다. 그런 느낌의 『오키테가미 쿄코의 혼인신고서』였습니다.

표지는 웨딩드레스 차림의 쿄코 씨입니다. 패셔너블한 쿄코 씨라도 역시 평상복으로 입을 일이 없는 의상일 테니 그 모습을 볼 수 있어서 기쁩니다. VOFAN 씨, 감사합니다. 시리즈는 『오키테가미 쿄코의 가계부』로 이어집니다. 리셋되지만.

니시오 이신

오키테가미 쿄코의
혼인신고서

저자 니시오 이신

1981년 출생. 『잘린머리 사이클』로 제23회 메피스토상을 수상하며 2002년 데뷔했다.
『잘린머리 사이클』로 시작되는 〈헛소리 시리즈〉, 처음으로 애니메이션화된 작품인
『괴물 이야기』로 시작되는 〈이야기 시리즈〉 등, 작품 다수.

일러스트 VOFAN

1980년 출생. 대만 거주. 대표작으로는 시(詩) 화집 『Colorful Dreams』 시리즈가 있다.
2006년부터 〈이야기 시리즈〉의 표지, 캐릭터 디자인을 담당.

오키테가미 쿄코의 혼인신고서

2021년 3월 10일 초판 발행

저자	니시오 이신
일러스트	VOFAN
옮긴이	정혜원
발행인	정동훈
편집 팀장	황정아
편집	노혜림
발행처	(주)학산문화사
등록	1995년 7월 1일
등록번호	제3-632호
주소	서울특별시 동작구 상도로 282 학산빌딩
편집부	02-828-8838
영업부	02-828-8986

ISBN 979-11-348-8090-3 03830

값 12,000원